D1877213

Ruth Maria Kubitschek

Der indische Ring

Ruth Maria Kubitschek

Der indische Ring

Roman

nymphenburger

© 2006 nymphenburger in der
F. A. Herbig Verlagsbuchhandlung GmbH, München.
Alle Rechte vorbehalten.
Umschlaggestaltung: Wolfgang Heinzel
Umschlagfoto: Claudia S. Sanna
Der indische Sari wurde freundlicherweise von
Frau Barbara Theiss zur Verfügung gestellt.
Satz: Filmsatz Schröter GmbH, München
Gesetzt aus: 12,75/16 Punkt PertuT
Druck und Binden: GGP Media GmbH, Pößneck
Printed in Germany
ISBN 3-485-01082-0
Ab 1. Januar 2007:
ISBN 978-3-485-01082-5

www.nymphenburger-verlag.de

Der schöpferischen Weiblichen
Energie
gewidmet.

Ihre

Rita Maria Lübitsch

Abschied

Anna verabschiedete sich von ihren Hunden, die wie verrückt an ihr hochsprangen.

»Was habt ihr denn, ich komme ja bald wieder«, sagte Anna etwas ungeduldig. Shambo sprang trotzdem wieder hoch und versuchte, ihr Gesicht zu erreichen.

»Hör auf, ich bin schon gut angezogen.« Energisch wies sie die beiden Hunde zurück. »Schluss jetzt, aufhören, hinsetzen.«

Die befehlsgewohnte Stimme Annas zwang die Hunde zur Ruhe. Die beiden setzten sich hin und schauten sie sehnsüchtig, fast traurig an.

»Ja was glaubst du, Hedi, wirst du mit den beiden überhaupt zurechtkommen?«

Damit wandte sie sich an ihre Freundin, die gerade ihre Koffer im Auto verstaute.

»Aber natürlich, wenn du erst einmal fort bist, müssen sie ja mit mir vorlieb nehmen.«

Anna schaute zu dem jungen Polen, der seit Oktober auf dem Hof mithalf.

»Und du, Josef, vergiss nicht, abends immer den Hühnerstall zuzumachen und alles abzuschließen.«
»Keine Sorge, Frau Anna, wir machen alles. Fliegen Sie nur ganz beruhigt zu Ihrem Sohn, ich wünsche ihm eine wunderschöne Hochzeit und viele Geschenke und kommen Sie mit der jungen Frau gesund wieder heim.«
»Nun denn«, Anna seufzte, »es ist jetzt sowieso nichts mehr zu ändern. Auf Wiedersehen, Josef, tschau, Shambo, tschau, Mirko.«
Damit sprang sie schnell ins Auto, um den Hunden keine Chance zu geben, sie wieder anzuspringen.
»Fahr los«, befahl sie Hedi und die beiden Frauen fuhren den Weg, der, links und rechts mit Blautannen gesäumt, einen herrschaftlichen Eindruck vermittelte. Am Ende der Allee öffnete sich der Blick auf den Bodensee und die dahinter liegenden Berge im Dunst. Anna atmete diesen Anblick der Weite und Schönheit tief ein.
»Na ja, ich komme ja wieder, höchstens das Flugzeug stürzt ab«, dachte sie laut.
»Um Gottes willen, Anna, so was darfst du gar nicht denken, geschweige denn aussprechen, solche negativen Gedanken haben Kraft.«
»Ach geh, ich stürze doch nicht ab, ich werde noch gebraucht, ohne mich geht hier gar nichts, das wird auch die junge Frau nicht ändern.«
»Glaubst du?«, zweifelnd sah Hedi Anna an. »Die jun-

gen Leute haben sowieso andere Vorstellungen vom Leben als wir. Was soll die junge Frau als Ärztin hier auf dem Hof?«

»Ayurveda-Ärztin«, verbesserte Anna ihre Freundin, »sie braucht keine Apparate, sie kann den Zustand des Patienten am Handgelenk erfühlen, das kann sie hier auf dem Hof auch und mit Andreas zusammen arbeiten.«

Hedi sagte nichts, sie fragte sich nur, ob Anna sich nicht irrte.

Sie fuhren zum Flughafen, ohne viel zu sprechen, jeder hing seinen Gedanken nach.

Anna war innerlich schon unterwegs und hatte einen ganz fernen Blick, der Hedi verstummen ließ.

Sie musterte Anna von der Seite. Siebzig Jahre war ihre Freundin, ihr dunkelblondes Haar war durchzogen mit grauen Fäden, doch hatte sie immer noch ihre eigene Haarfarbe. Auf eine altmodische Weise trug sie ihre Haare glatt nach hinten gekämmt, mit einem Zopfknoten im Nacken. Sie hatte kaum Falten, ihr Gesicht mit den hohen Backenknochen war slawisch, sie konnte Kroatien nicht verleugnen. Wir haben einen Stempel im Gesicht, der zeigt, wo wir herkommen. Die Griechen, die Inder, die Russen, jeder hat seine eigenen Merkmale, woran man sie erkennt. Eigentlich tragen wir unsere Heimat im Gesicht spazieren.

Hedi musste darüber lachen.

»Warum lachst du?«, fragte Anna.
»Ach nichts, ich habe gerade an zu Hause gedacht.«
»Wie du das sagst, zu Hause, wir haben ja gar kein Zuhause mehr, darüber gibt's nichts zu lachen.«
Anna sprach wieder im Ton einer Herrscherin, der anderen nicht erlaubte zu widersprechen.
»Ach Anna, ich habe nur gedacht, dass wir alle den Stempel unserer Herkunft im Gesicht tragen. Du könntest schwer von deiner Schwiegertochter behaupten, dass sie aus Kroatien stamme, und du siehst nicht aus wie eine Inderin. Darüber musste ich einfach lachen, weil ich so etwas noch nie gedacht habe«, lenkte Hedi ein.
Im Stillen dachte sie, wenn sie in diesem Ton mit ihrer Schwiegertochter spricht, wird sie es nicht einfach haben, aber es geht mich nichts an und ändern wird sich Anna bestimmt nicht mehr.
Bis zum Flughafen Zürich schwiegen beide und verabschiedeten sich kurz und herzlich.
All die Formalitäten des Eincheckens, besonders die Schlange vor der Gepäckkontrolle und der endlos lange Weg nervten Anna ziemlich, bis sie schließlich am richtigen Gate nach Dubai stand.
Sie flog zum ersten Mal Business Class und genoss es, im Flugzeug ihre Beine auszustrecken.
Endlich mal nichts tun müssen, endlich allein. Und mit einem wohligen Seufzer der Erleichterung ließ sie sich noch tiefer in den bequemen Sessel fallen.

Sie schloss ihre Augen. Es war sehr außergewöhnlich, dass sie mit sich selbst so großzügig war. – Aber was heißt großzügig? Nur weil ich Business fliege und mir für die Hochzeit ein paar hübsche Kleider gekauft habe, bin ich mir gegenüber großzügig oder gönne mir etwas?

Ihr Leben lang hatte sie für Andreas gespart, damit genügend vorhanden wäre, wenn sie eines Tages nicht mehr lebte. War es nicht so?

Ihre Eltern hatten auch für sie gespart, ihren Hof vergrößert, mehr Land gekauft, mehr Tiere und mit einem Rutsch war nach dem Krieg alles verloren.

Das Gut ihrer Großmutter ebenso.

Das schönste Gut weit und breit, über Nacht mussten sie alles verlassen.

Anna sah vor sich das lang gestreckte Haus der Großmutter, kaisergelb gestrichen, mit grünen Fensterläden und die großen Räume, die mit Biedermeiermöbeln ausgestattet waren; sie sah die Großmutter, die auch Anna hieß, in ihren schwarzen Seidengewändern, mehrere Röcke übereinander, und als Schmuck an Hals und Handgelenk weiße Spitze.

Sie hatte weiche Gesichtszüge, alles an ihr war rund, warm, einladend, nur die hellblauen, glasklaren Augen blickten tief in die Seele. Wie hatte sie ihre Großmutter Anna geliebt! Ihre kindlichen Hände linderten alle Schmerzen, seelische wie körperliche, bei allen Menschen, die vertrauensvoll mit ihren Leiden zu ihr ka-

men. Sie betete die Leute gesund. Heute würde man sagen: eine Heilerin.
Komisch, dass ich die Begabung nicht habe, sie war direkt auf Andreas übergesprungen, der zwar anders, aber doch auch heilt.
Mein Einziger – Anna war in ihren Gedanken bei Andreas gelandet, ihrer großen Liebe, dem Inhalt ihres Lebens. Wie ihre Eltern war sie heute wieder eine Großgrundbesitzerin, sie hatte für ihn gearbeitet, Besitz angehäuft und mit Andreas alles in einer großen Ordnung gehalten.
Annas Gedanken fingen an, sich in Wirbeln zu drehen. Nun heiratet mein Einziger eine Inderin. Ausgerechnet eine Inderin, wie soll das gehen, wie werde ich mich mit ihr verstehen? Wie verständigen?
Sie soll ja etwas Deutsch sprechen, mein Englisch ist wahrscheinlich nicht gut genug, damit wir miteinander reden können.
Warum verlor sie nun ihren Einzigen an eine andere Frau?
Sie rief sich zur Ordnung. Ich sollte nicht so denken, nein, so darf ich nicht denken, ich sollte vielleicht überhaupt aufhören zu denken. Lieber aus dem Fenster schauen und den Flug genießen. Ihre Gedanken wollten es anders.
Hatte sie wirklich in ihrer Wohnung die Papiere eingeschlossen? Hatte sie genug Hundefutter gekauft? Sie blieb ja immerhin vierzehn Tage weg. Ob Josef wirk-

lich die Hühner einschloss, damit der Fuchs nicht eins nach dem anderen auffraß? Die Äpfel hatte sie noch gelagert, alles eingekocht, eigentlich brauchte sie sich keine Sorgen zu machen, es wird schon alles gut gehen mit Hedis Hilfe.

Sie versuchte, ihre Gedanken bewusst auf ihr erstes Ziel zu richten – Dubai.

Sie hatte so viel von einer Freundin gehört, die dreimal im Jahr in Dubai Urlaub machte und begeistert von den arabischen Goldsouks schwärmte, wo man Goldschmuck einfach nach Gewicht kaufen konnte. Vielleicht durfte sie das heute Abend erleben.

Sie schaute aus dem Fenster und blickte auf Berge, nur Berge. Auf den Gipfeln funkelte Schnee.

Ihre Gedanken wanderten nach Indien. Ihr Einziger war schon vierzehn Tage vor ihr geflogen, um alle notwendigen Formalitäten für die Hochzeit zu erledigen. Vor ihrem Abflug hatte Andreas sie noch angerufen, sie sollte den Flug genießen, sich keine Sorgen machen, die ganze indische Familie würde sie in Udaipur abholen. Bis dahin genieße es, Mutter, dass du endlich mal von zu Hause wegkommst in die große weite Welt. Vielleicht spürst du dann auch, was du alles verpasst hast.

Wieso hatte er das gesagt? Wieso sollte ich etwas verpasst haben, wir beide waren doch glücklich? Ich war glücklich, weil er bei mir war. War er vielleicht nicht glücklich?

Die Sonne leuchtete jetzt warm und golden in ihr Gesicht. Der Himmel veränderte sich in strahlendes Gelborange. Unter ihr sah sie das Meer und die Insel Zypern. Die Insel der Geburt der Aphrodite, der Göttin der Liebe.

Liebe, was ist Liebe?, dachte Anna. Habe ich meinen Mann geliebt? Ja, schon irgendwie, es hat mir geschmeichelt, dass er so um mich geworben hat, wie kein anderer damals in Wien. Es waren derer viele auf der Universität, an der sie beide studierten. Warum war sie gerade bei ihm gelandet?

Eigentlich wusste sie es nicht so genau. Auf einmal war nur noch er da, der Toni. Auf einmal war sie schwanger und ihre so heiß geliebte Mutter wollte unbedingt dieses Enkelkind.

»Schau, Anna, jetzt, wo wir alles verloren haben, ein Kind! Das ist doch wieder eine Hoffnung, dass es weitergeht. Schenk mir nach all den Schmerzen ein Enkelkind.«

»Ja, Mutter, aber dazu müsste ich den Toni heiraten.«

»Wäre das denn so schlimm? Ein anständiger Junge und genau wie wir vertrieben und auch ein Bauer.«

»Mutter, er hat Landwirtschaft studiert.«

»Na ja, eben doch ein Bauer.«

Ihre Mutter nahm sie in den Arm.

»Wir alle bekommen dieses Kind, Anna. Dein Vater, ich, deine Großmutter und du.«

»Aber ich muss es kriegen: Es ist mein Studium, meine Zukunft.«
»Papperlapapp, dein Kind ist deine Zukunft. Studieren kannst du immer noch.«
Papperlapapp, wie Recht ihre Mutter hatte, ihr Kind wurde ihre Zukunft.
Laut dem Bildschirm im Flugzeug flogen sie schon über arabische Länder, ließen das Rote Meer links liegen und steuerten auf den arabischen Golf zu. Draußen war es schon dunkel. Tintenschwarz.
Nur der Mond, wie eine scharfe Sichel, verbreitete einen fahlen Glanz.
Der Mond, wie ich ihn liebe. Großmutter Anna war eine Mondfrau. Dieses feine, silberne Licht war immer um sie gewesen.
Ich bin eher eine Sonnenfrau, ich brauche die Sonne, das helle Licht des Sommers. Und jetzt geht es schon wieder dem Winter zu.
Am zweiten November bei Neumond, an einem der höchsten Feste in Indien, an Divali, wollen die beiden heiraten.
Wenn ich wieder heimkomme, fängt schon der Nebel an und wir müssen uns auf den Weihnachtsbaumverkauf vorbereiten, das ist für Andreas und mich die anstrengendste Zeit im Jahr. Was haben wir zwei alles aufgebaut.
Andreas war immer bereit zu tun, was ich von ihm wollte. Mit einem feinen Lächeln sagte er: »Bei uns

herrscht absolute Demokratie, wir machen, was Anna will«, und lachend schlüpfte er in die Stiefel, pflanzte Tannen, schnitt Bäume, trug Kisten mit Äpfeln in den Keller, ging dann zu seinen Patienten, renkte sie ein oder stach ihnen Nadeln in den Körper. Dazwischen kümmerte er sich wieder um die anfallende Arbeit auf dem Hof. Er war immer von einer großen inneren Ruhe erfüllt und hatte ein Lächeln im Gesicht, getragen vom ruhigen Seelenton eines glücklichen, ausgeglichenen Kindes.

Ja, vielleicht war ihr Einziger ein glückliches, ausgeglichenes Kind, von allen geliebt, ganz besonders von seiner Großmutter, ihrer Mutter.

Als diese nach einem Schlaganfall in Wien im Krankenhaus im Koma lag, hatte Anna den Einfall, mit dem damals dreijährigen Andreas zu ihr zu gehen. Sie hatte ihm nicht gesagt, dass sie zur Oma gehen würden.

Der Arzt wollte sie mit dem Kind nicht zu ihr lassen. Da schubste Anna den Kleinen schnell ins Zimmer, breitete ihre Arme vor der Tür aus und versperrte dem Arzt den Weg. Von drinnen hörten sie: »Oma kuckuck, Oma kuckuck!«

Dann gingen Anna und der Arzt in das Krankenzimmer und die Großmutter drehte sich immer auf die Seite, von der das Kind »Oma kuckuck« schrie. Sie war wieder da.

Der Arzt blickte Anna strafend an und sagte: »Sehr gewagt.«

»Ja, ich weiß.«
Sie war uns erhalten geblieben. Siebzehn Jahre hatte ihre Mutter noch gelebt, im Rollstuhl, und Anna hatte sie gepflegt.
Sie war der Mittelpunkt in unserem Leben, in unserem Haus. Wir alle gingen mit unseren Sorgen zu ihr. Sie konnte nicht mehr viel sprechen, es bereitete ihr Mühe. Sie antwortete bei jedem Problem immer mit einem beruhigenden: »Ja, ja, ja, papperlapapp, alles wird gut, es regelt sich alles von selbst.«
Wenn Andreas zu ihr kam, wollte sie mit dem Jungen allein sein. Mit ihm sprach sie viel. Ich habe nie erfahren, was die beiden zusammen geredet haben.
Sie und Andreas, das war eine einzigartige Beziehung.
Nachdem Anna im Flugzeug von den Stewardessen verwöhnt worden war und das feine Essen genossen hatte, erlaubte sie sich einen doppelten Espresso, sie hatte ja heute noch etwas vor.
Der Flug nach Dubai kam ihr kurz vor, da plötzlich unter ihr schon ein Lichtermeer strahlte.
Mein Gott ist das groß, diese vielen, vielen Lichter. Dazwischen sah sie große, dunkle Flächen. Das ist wahrscheinlich das Meer. Wo holen sie denn die viele Elektrizität her? Das musste sie Andreas fragen.
Der Flughafen war voller Menschen. Die Kontrollbeamten waren sehr freundlich, ohne Probleme bekam sie ein Visum für eine Nacht.
Ein Fahrer vom Hotel holte sie mit noch anderen Gäs-

ten ab. Er und die anderen Mitreisenden empfahlen ihr, wenn sie noch in den Goldsouk wollte, sollte sie nur ihr Gepäck im Hotel abgeben, einchecken, dann mit einem Taxi gleich weiter zum Souk fahren, was sie auch tat.
Anna war überwältigt von der Altstadt, von den vielen beleuchteten Geschäften, den Gerüchen, den engen Straßen und den überdachten Goldgeschäften.
Sie hatte anscheinend doch etwas verpasst.
Es war ein Gewirr von Touristen, Arabern in langen, weißen Gewändern und schönen, ziemlich flach gebundenen Turbanen. Frauen in schwarzen Mänteln, die bis zum Boden reichten, das Gesicht verhüllt, oft nur mit einem Tuch die Haare bedeckt. Alle kauften dieses Gold, das über alle Maßen glänzte und glitzerte. Die Schmuckstücke kamen ihr viel zu groß vor.
Nicht beurteilen, sagte Andreas immer zu ihr, wenn sie vorschnell etwas ablehnte.
Lass es so, wie es ist, und wie es ist, ist es gut. Hier glitzert halt das Gold. Du musst es ja nicht kaufen.
Ah ja, Andreas, du hast Recht, ich muss es nicht kaufen.
Als sie das dachte, war sie wie befreit und konnte den Anblick von so viel Gold und all die wunderbaren Variationen von Schmuck einfach genießen.
Wie bunt die Welt doch war. Wie anders die Welt hier war. Sie fragte sich, wo die Frauen diese großen Schmuckstücke trugen?

Anna wunderte sich, denn sie sah an den Fingern der schwarz verhüllten Damen nicht einen Ring, geschweige denn eine Kette. Der schwarze Mantel und das Kopftuch würde sowieso alles verhüllen. Schade, wenn sie die Kostbarkeiten nur zu Hause anlegen konnten.
Nun, sie war zu kurz hier, um das zu ergründen.
Sie kaufte eine Schale mit Weihrauch und Myrre und eine Schachtel mit Sandelholz zum Räuchern, vielleicht ein Geschenk für die Schwiegereltern. Damit verließ sie das geschäftige Treiben des Souks und fuhr mit dem Taxi durch die Altstadt zu ihrem modernen Hotel.
Überrascht betrachtete sie die unvorstellbare Bautätigkeit hier, ein Baukran neben dem andern, was sollte das werden? Eine Großstadt?
Es geht dich nichts an, lass es, wie es ist, Mutter, hier wird eben gebaut und basta.
Recht hast du, mein Junge, ich war schon wieder so weit, mir Sorgen zu machen um das Meer, in das man hier hineinbaut.
Darum sollten die sich Sorgen machen, die ins Meer bauen, nicht du, Mutter.
Sie fühlte Andreas' innige Nähe.
Als sie in das Hotel kam, war ihr Gepäck schon auf ihrem Zimmer. Sie machte sich für die Nacht zurecht, sprang wie ein junges Mädchen ins Bett und versank in tiefen Schlaf, aus dem nicht einmal ein Kanonenschuss sie wecken hätte können.

Sie erwachte am Morgen frisch gestärkt, fuhr mit dem Taxi durch die von Autos, Baukränen und voll geladenen Lastwagen verstopfte, staubige Stadt und war glücklich, dass sie ihr Flugzeug nach Delhi überhaupt noch erreichte.
Das Flugzeug der Air India war überraschend geräumig, großzügige Sitze, sehr freundliche Stewardessen. Anna wurde bis Delhi mit Currygerichten verwöhnt, in die sie sich sofort verliebte, besonders in das indische Brot, Chapati genannt, einfache Fladen aus Mehl und Wasser.
Die scharfe Speise aus Reis und Linsen gefiel ihr, das war doch einmal etwas anderes für Vegetarier. Sie fing an, sich auf dieses Land, das sie nur aus Büchern kannte, zu freuen.
Die Bhagavadgita hatte sie zeitlebens begleitet. Schließlich ist die Gita ein Evangelium. Ihre Botschaft ist zeitlos. In Worten, die keiner bestimmten Sprache, Rasse oder Epoche angehören, spricht der inkarnierte Gott Krishna zum Menschen, seinem Freund, dem Königssohn Ardshuna.
Anna hatte zwar vieles nicht verstanden, aber sie hatte sich ein Lebensmotto aus dem Buch herausgelesen. »Tue deine Arbeit und kümmere dich nicht um die Frucht.«
Warum hast du gerade diesen Satz ausgesucht, hatte ihr Einziger sie gefragt. Und sie hatte ihm erklärt: Weißt du, wenn ich bei der Arbeit an das denken wür-

de, was wir verdienen könnten, zum Beispiel an den Äpfeln, dann hagelt es und die Blüten sind hin. Wir Bauern wissen bis kurz vor der Ernte nicht, was uns bleibt. Ich denke, dass es in jedem Beruf so ist. Du darfst bei der Arbeit nie an die Belohnung denken, nur an das, was du tust.

Andreas war beeindruckt: Du bist doch ein kluges Weib, Mutter.

Sie war über sein Lob unendlich glücklich gewesen.

Anna wollte Schritt halten mit seiner Entwicklung und las alle Bücher, die auch er las.

Sie wollte wissen, womit er sich beschäftigte, was in ihm vorging, was er dachte, was er liebte. So war sie in den vielen Jahren eine sehr belesene Frau geworden.

Sie verliebte sich für immer in Sri Yukteswar, den Lehrer Yoganandas, den er in seiner Biografie so überlebensgroß beschrieb.

Das Bild von Yukteswar hatte sie mitten ins Herz getroffen. Dieser große Guru hatte einen so wundervollen, männlichen Kopf, kraftvoll, streng und doch gütig – die weißen Haare und der Bart umgaben das ausdrucksvollste männliche Gesicht, das sich Anna vorstellen konnte.

Sie hatte dieses Bild eingerahmt. Der Blick von Yukteswar empfing sie jeden Abend, wenn sie nach getaner Arbeit ihr Zimmer betrat. Sie blickte voller Liebe zurück. Ob es wohl in Indien solche Männer wie Yukteswar geben würde? Man wird sehen.

Der Flug nach Delhi erschien ihr auch nicht sehr lang. Dort angekommen, stellte sie fest, dass die Wärme erträglich war. In dem Gewirr von Menschen fand sie endlich ein Taxi und fuhr vom internationalen Flughafen zum nationalen, von wo sie nach Udaipur fliegen konnte.
Sie fuhr durch unendliche Armut, Blechhütten links und rechts an den Straßen, dann an großen Häusern vorbei, wieder in unselige Armut.
Nicht urteilen, Mutter, was du auch immer siehst in Indien, lass es so sein, wie es ist. Mische dich mit deinem Urteil nicht ein.
Also gut, wenn du es so willst, dann schließe ich die Augen.
So kam sie in einem Gewirr von Menschen am nationalen Flughafen an, fand ohne große Schwierigkeiten den richtigen Schalter, wurde vorher noch heftig kontrolliert und hatte es mit ihren Englischkenntnissen dann endlich doch geschafft, im richtigen Flugzeug zu sitzen.
Die Gepäckkontrollen in Delhi waren noch schärfer als in Zürich. Selbst vor dem Flugzeug musste sie ihre Handtasche ausleeren.
Durch die Attentate der Terroristen ist viel von unserer Lebensqualität verloren gegangen. Eigentlich ist das unglaublich!
Schon wieder ein Urteil, Mutter.
Ja, das ist doch wahr, was uns diese »Bushmänner« alles

eingebrockt haben mit ihrem Krieg und ihrer Angstmache.
Annas Zorn kam hoch, wenn sie nur an den Krieg dachte.
Ihr Einziger meinte natürlich: Mutter, es ist eine Chance, dass die Menschen aufwachen und sich keine Angst mehr einreden lassen, egal, was den Mächtigen noch alles einfällt. Gib keine Energie dahin, keine Energie in negative Ereignisse.
Aber, Andreas, ich muss doch Anteil nehmen.
Das kannst du, Mutter, mitfühlen, helfen, ohne dich mit deinem Urteil, welches du ja so liebst, einzumischen.
Aber ich muss doch beurteilen, was gut und was böse ist.
Wir denken etwas gut oder böse – an sich ist nichts böse oder schlecht, unsere Gedanken machen es dazu.
Wie glücklich bin ich, dachte sie, dass mein Sohn wie ein Lehrer für mich ist.
Wenn Yukteswar noch lebte, würde ich sofort zu ihm hinfahren und mich als seine Schülerin verdingen.
Na, Anna, und dein Einziger?
Ich glaube, er würde das verstehen.
Dann senkte sich das Flugzeug im Anflug auf die Stadt Udaipur.
Anna schaute in den Spiegel. Sie war zufrieden, sie sah nicht müde aus.
Sie kämmte ihr Haar, ein bisschen Lippenstift konnte

auch nicht schaden und mit Puder verdeckte sie ihre roten, gesunden Wangen.
Anna wollte ihren ganzen Mut zusammennehmen und offen sein für das, was nun auf sie zukam.

Ankommen

Ihren Einzigen sah sie sofort, da er alle Menschen, die in der Wartehalle standen, überragte.
Gut sah er aus. Seine Locken hingen wie immer wirr um sein nun braun gebranntes Gesicht. Sie bemühte sich, die Situation zu erfassen.
Ihre Schwiegertochter Lakshmi verneigte sich als Erste vor ihr. Anna wollte sie gerade umarmen. Als ihr jedoch bewusst wurde, wie man sich in Indien begrüßt, hielt sie mitten in der Bewegung inne, verbeugte sich, indem sie ihre Hände vor der Brust faltete, und sagte: »Namaste. Ich freue mich, dich kennen zu lernen.«
Wie schön Lakshmi war. Ein warmes, weiches Frauengesicht, mit kraftvoll geschwungenen Augenbrauen. Die Dame neben ihr musste ihre Mutter sein, der Tochter ähnlich, nur ein bisschen verhärmter. Sie verneigte sich ebenfalls.
Anna hatte so viele Höflichkeitsformeln gelernt, um sich da durchzuschwindeln.

Dann kam ein imposanter, groß gewachsener Herr auf sie zu, der Vater von Lakshmi.
»Krishna«, stellte er sich vor, schüttelte heftig ihre Hand und beteuerte, wie sehr er sich freue, die Mutter seines Schwiegersohnes kennen zu lernen.
»Und dies ist mein langjähriger Freund Francesco, einer der charmantesten Italiener, er wird Ihr Dolmetscher für die Zeit in Udaipur sein, da er in vielen Sprachen zu Hause ist.«
Francesco, ein kleiner, zarter Mann mit eisgrauem dichten Haar, schüttelte ebenso kräftig ihre Hand und gab in charmantem italienisch-deutschem Akzent seiner Überraschung Ausdruck, dass Andreas' Mutter eine so schöne Frau sei.
Anna wurde ein bisschen rot, freute sich jedoch darüber, dass noch jemand Deutsch sprach.
Sie umarmte Andreas: »Schön, dich wieder zu sehen.«
»Willkommen, Mutter«, er gab ihr einen Kuss auf die Wange.
»Also los, alle ins Auto.«
Annas Koffer wurden eingeladen und sie stiegen ein. Anna saß neben dem Schwiegervater und Francesco. Wenn ihr Englisch nicht reichte, half ihr der Italiener. Krishna erklärte ihr, dass man sie jetzt ins Hotel bringe, das in einem Teil des Maharadscha-Palastes untergebracht sei und eine wunderschöne Aussicht hätte.
»Francesco und Sie haben einen gemeinsamen Salon und rechts und links gehen die Zimmer davon ab. Sie

ruhen sich ein bisschen aus und abends kommen wir, die gesamte Familie, um uns kennen zu lernen und auf der Terrasse zu dinieren. Sind Sie damit einverstanden?«, fragte Krishna höflich.
Anna spürte, dass mit diesem Mann nicht zu spaßen war, er war gewöhnt zu befehlen.
Sein Gesicht war sehr kraftvoll, eine imposante, geschwungene Nase, dieselben kraftvollen Augenbrauen wie seine Tochter, aber er hatte seegrüne Augen, was Anna sehr verwunderte, weil sie dachte, alle Inder hätten braune Augen. Sie konnte sich nicht beherrschen und sagte ihm, dass sie es ziemlich außergewöhnlich fände, dass er grüne Augen habe.
Krishna lachte geschmeichelt und erwiderte stolz: »Meine Vorfahren kommen aus Kaschmir, deshalb haben wir solche Augen.«
Andreas saß hinter ihr mit seiner Braut, deshalb konnte sie sein Gesicht nicht sehen. Wenn sie Englisch sprach, mokierte er sich gewöhnlich darüber. Besonderes über ihre Aussprache, aber heute musste sie da durch, egal, was er dachte.
Sie fuhren ziemlich lange durch eine mehr oder weniger ärmliche Gegend. Anna war so auf ihre englischen Vokabeln konzentriert, dass sie nicht viel mitbekam.
Man erkundigte sich nach dem Flug und ob alles angenehm gewesen war.
»Wie war Dubai?«, wollte Francesco wissen.
»Eine Stadt aus Glas und Stahl, modern aufstrebend,

voller verstopfter Straßen, dagegen der Goldsouk beeindruckend, aber auch verwirrend. Ich glaube, man müsste schon ein paar Tage in Dubai verbringen, um einen wirklichen Eindruck zu haben. Man hat mir erzählt, sie hätten einen Palast gebaut, in dem die Scheichs Ski fahren können auf künstlichem Schnee. Leider habe ich dies nicht gesehen.«

»Nein, wie verrückt«, der Italiener lachte, »was man mit Öl alles machen kann.«

Anna war selbst überrascht, dass sie diese Geschichte in Englisch einwandfrei erzählen konnte. Von hinten kam der trockene Kommentar ihres Sohnes.

»Kompliment, Mutter, wieso kannst du denn auf einmal so gut Englisch?«

Sie drehte sich um, zwinkerte mit den Augen, sagte etwas spöttisch: »Josef, unser Pole, hat mit mir geübt, Schnellkurs sozusagen.«

Die Mutter von Lakshmi drehte sich ebenfalls um und lächelnd sagte sie: »Wir sind sehr glücklich, dass Sie gekommen sind, eine so weite Reise.«

Was sollte sie darauf antworten?

»Ich glaube, ich wäre bis ans Ende der Welt gefahren, um bei der Hochzeit meines Sohnes dabei zu sein.«

»Sie müssen ihn sehr lieben«, sagte die Mutter von Lakshmi leise.

Anna wusste nicht, warum, aber ihr traten die Tränen in die Augen.

In dem Moment stand eine Kuh quer auf der Straße.

Das Auto hielt mit einem Ruck vor der Kuh, die langsam weiter über die Straße ging, als sei nichts geschehen. Krishna meinte spöttisch: »Wir vermeiden tunlichst den Zusammenstoß mit einer Kuh, das wäre ein ziemlich schlimmes Delikt. Diese Kühe sind heilig, sehen Sie nur, wie schön sie ist.«
Wirklich – die Kuh war graubeige und hatte einen feinen, ausgeprägten Kopf.
Sie waren jetzt im Zentrum von Udaipur angekommen und das Auto fuhr durch so enge Gassen, dass Anna dachte, da kommt er ja gar nicht durch, da nimmt er die Hauswand mit. Doch die Enge war kein Hindernis, sie machte jedem Fahrer anscheinend viel Spaß. Keiner schimpfte, man hielt fröhlich an oder fuhr zurück, um andere durchzulassen, lachte und winkte sich zu und so zwängte sich der kleine Bus durch die Altstadt und fuhr dann in eine schöne Allee zum Palast des Maharadschas, der imponierend, riesig und ockerfarben vor ihnen stand.
Noch eine steile Straße hinauf und man war angekommen.
Aus der Nähe sah der Palast mit seinen Vorsprüngen, Erkern und Säulengängen, seiner eleganten Gliederung heiter aus.
Unterhalb des Palastes lag ein großer See, eingesäumt von Bergen, im Abendlicht und mitten in diesem stand ein weißer Palast, der auf dem Wasser zu schwimmen schien.

Anna war überwältigt.
»So grandios habe ich mir das nicht vorgestellt.«
Sie umarmte die Mutter von Lakshmi und wiederholte: »So grandios habe ich mir das nicht vorgestellt, das ist ja wie im Märchen.«
»Ich heiße Draupati, ich freue mich, dass es dir gefällt, ich darf doch du sagen?«
Die Frauen sahen sich an. »Wenn wir Glück haben«, sagte Draupati mit einem leisen Lächeln, »gewinnt jede von uns ein Kind dazu.«
Draupati heißt sie, dachte Anna, in der Bhagavadgita war Draupati mit allen fünf Pandava-Brüdern verheiratet. Arjun, der dritte Bruder, hatte sie bei einem Wettbewerb im Bogenschießen gewonnen. Als er sie nach Hause brachte und zu seiner Mutter sagte: »Sieh mal, Mutter, was ich hier habe!«, erwiderte seine Mutter, ohne aufzublicken: »Sei ein guter Junge und gib deinen Brüdern etwas davon ab.«
Als gehorsamer indischer Sohn tat er, wie seine Mutter ihm befahl.
Die Draupati, die jetzt vor ihr stand, sah so grazil aus in ihrem goldenen Sari, dass Anna sich in ihrer europäischen Kleidung wie ein Trampel vorkam.
Als ob Draupati Annas Gefühl gespürt hätte, sagte sie liebenswürdig: »Andreas und Lakshmi haben für dich ein paar Saris ausgesucht, die in der Wärme hier sehr angenehm zu tragen sind. Du findest alles Nötige in deinem Zimmer. Wenn dir ein Sari gefällt, zieh ihn

doch bitte heute Abend an. Die Mädchen vom Service zeigen dir, wie er gebunden wird. Vielleicht ruhst du dich jetzt aus, in zwei Stunden sehen wir uns wieder auf der Terrasse.«

Der Italiener begleitete sie jetzt die Treppen hinunter in das Hotel. Er zeigte ihr, was sie wissen musste, und stolz führte er sie in ihren gemeinsamen Salon, der groß und sehr feudal orientalisch wirkte.

»Ein bisschen wie im Harem«, lachte er und ließ sie allein.

Ihre Koffer standen schon im Zimmer.

Sie setzte sich erst einmal auf die breite Fensterbank, ausgestattet mit Seidenkissen in warmen Erdfarben, und schaute fasziniert auf den See, der tief unter ihr lag.

Ihr Blick wanderte zu diesem schimmernden Palast in der Mitte des Sees, mit seinen vielen orientalischen Bogenfenstern, verschiedenen Türmchen und Kuppeln in allen Größen.

Dahinter erhob sich eine Gebirgskette und hinter den Bergen leuchtete das warme orangefarbene Licht der untergehenden Sonne. Die Berge wirkten wie mit einem Pinsel in verschiedenen Grautönen weichgezeichnet. Am Ende des Sees, zur rechten Seite, erhob sich ein nahe gelegener, ockerfarbener Berg, auf dem ebenfalls ein Palast im Sonnenuntergang das rötliche Licht in seinen Mauern widerspiegelte.

Anna war überwältigt.

Sie hatte ein Gefühl des Heimkommens, das sie sich nicht erklären konnte. Sie hätte sich dem gerne hingegeben, aber dafür hatte sie jetzt keine Zeit. Sie musste auspacken.
Auf der andern Fensterbank fand sie die Saris, Unterröcke, kurze Blusen und viele Sicherheitsnadeln in einem Kästchen.
Sie ordnete ihre Sachen, legte die Geschenke, die sie mitgebracht hatte, bereit.
Als sie mit allem fertig war, legte sie sich auf das Bett, schwang ihre Beine hoch und dachte: Was für ein Tag! Anna aus Kroatien war in Indien, in Udaipur, in einem Teil des Maharadscha-Palastes. Sie hatte diese Reise allein und mit Erfolg überstanden.
Ehe sie dieses zu Ende gedacht hatte, schlief sie ein.
Als sie erwachte, war es ganz dunkel und sie sah sogar von ihrem Bett aus den weißen Palast, inmitten des Sees, hell erleuchtet. Das wirkte auf sie noch unwirklicher. Am liebsten wäre sie liegen geblieben, um nur zu schauen.
Da klopfte es an ihre Tür. »Frau Anna, aufstehen, alle sind schon da, das Mädchen, das Ihnen hilft, den Sari anzulegen, steht vor Ihrer Tür.«
»Oh, Entschuldigung, ich habe verschlafen.«
»Macht nichts, wir warten gerne, lassen Sie sich Zeit, in Indien ist man nie pünktlich.«
Sie entschied sich für einen grünen Sari. Mit geübten Griffen faltete die Inderin den vielen Stoff um ihren

Körper. Anna kämmte ihr Haar, wickelte den Knoten und war fertig.
»Sie sehen aus wie eine Inderin.« Das Mädchen klatschte in die Hände vor Begeisterung.
Francesco, der vor der Tür chevaleresk auf sie gewartet hatte, klatschte ebenfalls begeistert Beifall bei ihrem Erscheinen.
»Frau Anna, Sie sehen göttlich aus.«
Anna erwiderte lachend: »Mit der üblichen italienischen Übertreibung.«
»Haben Sie etwas gegen Italiener?«, fragte Francesco.
»Nein, überhaupt nicht, ich liebe Italien, das italienische Essen und den italienischen Wein.«
»Und die italienischen Männer?«, fragte er keck.
»Ich hatte noch keine Gelegenheit«, gab sie fröhlich zurück.
Durch die Leichtigkeit dieses Kleides fühlte sie sich beschwingter und freier als sonst.
Sie kamen auf die Terrasse, die festlich geschmückt war.
Der ganze untere Teil war für die Familie reserviert.
»Ist das alles Verwandtschaft?«, entfuhr es Anna entsetzt.
»Ja, natürlich, Schwestern, Tanten, Neffen, Großmütter.«
»Nur Mut, Frau Anna, Sie brauchen sich nur verbeugen.«
Als sie auf der oberen Treppe stand, um herabzu-

steigen, fing der Schwiegervater Krishna an zu klatschen.

»Schaut her, meine Freunde, Anna, die Mutter von Andreas, sieht doch fast aus wie eine Inderin.«

Er kam auf sie zu.

»Kompliment, junge Frau.«

Das Eis war gebrochen. Anna wurde umringt, gedrückt, gemustert. Man stellte sich vor, man verneigte sich voreinander, aber die außergewöhnlich fremd klingenden Namen rauschten an Anna vorbei.

Francesco wich nicht von ihrer Seite, um einzuspringen, wenn sie etwas nicht verstand. Doch sie gab sich gar keine Mühe, etwas zu verstehen. Augen zu und durch, dachte sie, es gibt Schlimmeres.

Ihren Einzigen sah sie nur von Ferne. Die große Tafel war wie ein Hufeisen aufgebaut und mit Blumen über und über geschmückt.

Sie selbst sollte neben einer Großmutter, von wem, hatte sie nicht verstanden, und neben Draupati und Krishna sitzen. Doch der Italiener bestand darauf, an Annas Seite zu bleiben, und die Großmutter musste rutschen, was sie sehr widerstrebend tat.

Mit einem charmanten Lächeln platzierte er die Dame einen Stuhl weiter.

»Mit ihr können Sie sowieso nicht sprechen, da brauchen Sie mich schon als Dolmetscher.«

Daraufhin bat ihn die alte Dame, er solle Anna übersetzen, Anna würde ihr gefallen, sie sei eine starke Frau.

Eine Herrscherin erkannte die andere.
Anna bedankte sich mit einem fröhlichen Nicken.
In ihrem Leben auf dem Land hatte sie nie Komplimente bekommen. Sie wusste eigentlich nicht, wie sie aussah, doch es schien offensichtlich in Ordnung zu sein.
Ihre Augen suchten ihren Einzigen, der neben seiner schönen Braut saß, sie jedoch keines Blickes würdigte.
So ein Affe, dachte sie. Ich fliege diesen weiten Weg hierher und er behandelt mich wie Luft, dem werde ich es zeigen.
Sie unterhielt sich auffällig lebhaft mit dem Schwiegervater und Francesco. Überschwänglich bedankte sie sich dann auch bei Draupati für die schönen Saris, aber Andreas nahm sie nicht wahr, was Anna sehr enttäuschte.
Draupati wandte sich zu Anna: »Du siehst wunderbar aus in diesem Sari. Wenn es dir Spaß macht, trage sie, solange du in Indien bist, sie sind viel angenehmer bei der Hitze, du brauchst jeden Tag nur den Stoff wechseln.«
Zu Beginn des Dinners wurde Chapati, dieses indische Brot mit Butter und Knoblauch, gereicht. Es schmeckte himmlisch.
Anna dachte, na, da werden wir morgen alle unglaublich duften. Aber hier lebt man bestimmt viel im Freien, da fällt es nicht so auf.

Zu Francesco sagte sie: »Ich könnte von dieser Art Brot und italienischem Wein leben.«
»Weiß oder rot?«, fragte er und sofort besorgte er ihr ein Glas Rotwein.
»Die Inder trinken kaum Alkohol, außerdem sind fast alle Vegetarier«, erklärte er Anna.
»Ja, Vegetarier bin ich auch, aber ein Glas Wein trinke ich schon ab und zu.«
Es war ein warmer Abend und Anna empfand den Himmel als sehr nahe, näher als zu Hause. Die Farbe des Himmels war von einem tiefen Indigoblau und besonders ein Stern strahlte so hell, dass Anna meinte, es wären mehrere eng nebeneinander.
Ob das die Venus ist oder der Sirius? Aber der Sirius hat eine andere Ausrichtung, dachte sie.
»Was ist das für ein Stern, der hier so funkelt?«, fragte sie Krishna. »Ist es die Venus?«
»Ja, Anna, es ist die Venus. Der Himmel ist uns hier sehr nahe, das werden Sie noch bemerken. Es ist, als ob wir hier Sternentore hätten, die den Himmel auf eine seltsame Weise öffnen, das werden Sie spüren, wenn Sie meditieren.«
Er schaute sie mit diesen dunkelgrünen Augen forschend an: »Meditieren Sie, Anna?«
Anna fühlte, dass in diesem Moment noch ein paar dunkelgrüne Augen aufmerksam auf sie gerichtet waren. Die Großmutter, obwohl sie nichts verstand, hörte offensichtlich interessiert zu.

»Ja, natürlich meditiere ich – bei diesem Sohn – sonst könnte ich nicht Schritt halten mit seiner Entwicklung.«
»Wissen Sie, Anna, meine Tochter ist mein Ein und Alles, alles, was ich habe, der wertvollste Besitz in meinem Leben, und nun fließt sie mir davon. Ich weiß, dass ich sie nun an Ihren Sohn verloren habe.«
Dieser große Mann wirkte in diesem Moment verletzlich und einsam.
Anna nahm vorsichtig seine Hand. »Wenn es Sie tröstet, es geht mir ebenso. Andreas entgleitet mir. Er war mir immer ganz nah, nun ist er weit, weit weg. Ich weiß gar nicht, wie ich das überleben soll, er war der Mittelpunkt in meinem Leben. Vielleicht hilft es Ihnen zu hören, dass Andreas ein wunderbarer Mensch ist und Ihre Tochter in die gütigsten Hände kommt, die ich kenne.«
Francesco mischte sich in das Gespräch ein: »Hört auf, Trübsal zu blasen, eine Hochzeit ist doch etwas Fröhliches, Erhebendes. Schaut nur, wie sie sich lieben. Sie gehören einfach zusammen, das müsste euch doch trösten, ihr seid doch noch nicht alt. Seid doch froh, dass ihr die Kinder loslassen könnt. Ihr habt sie großgezogen, ihnen zu essen und zu trinken gegeben, die Ausbildung bezahlt, mehr sollten Eltern nicht tun. Die Kinder gehören uns nicht. Was glaubt ihr, wie froh ich war, als meine vier verheiratet waren, als ich endlich wieder Francesco sein durfte, nicht nur der Vater. Ich habe

reizende Schwiegertöchter und Schwiegersöhne, sie leben jetzt ihr Leben. Ich bin die Verantwortung los, ich bin wieder frei. Ihr müsst euch wie ich einen neuen Inhalt für euer Leben suchen.«
»Wenn das so einfach wäre«, seufzte Krishna.
»Na, du bei deinen vielen Geschäften, du wirst das schon schaffen.«
Draupati hatte bis jetzt nichts gesagt. Anna schaute sie an. Die Mutter trifft es genauso wie den Vater.
Draupati machte eine etwas resignierte Bewegung mit den Schultern ... so ist das bei uns.
Anna blickte unwillkürlich zu dieser Großmutter, von der der Italiener sie getrennt hatte. Sie versuchte, in diesem dunkelhäutigen Gesicht zu lesen, doch es war seltsam starr und ausdruckslos. Ob sie wohl Englisch sprach? Sie war geschmückt mit goldenen Ohrringen, vielen Armreifen und trug eine dicke, schön gewundene Goldkette mit einem Rubinanhänger, der auf ihrem Sari sehr schön aussah. Sie war sicherlich eine reiche Frau.
Leise fragte Anna Francesco in Deutsch: »Von wem ist sie die Mutter?«
»Kali Singh, die Mutter von Krishna, Draupatis Mutter lebt nicht mehr. Der Reichtum der Familie kommt von Kali Singh. Es ist nicht gut Kirschen essen mit ihr.«
Daraufhin antwortete Anna ebenso leise: »Mit mir auch nicht.«
Kali hatte Anna die ganze Zeit unverwandt angesehen.

Dann bat sie Francesco, Folgendes zu übersetzen: Sie freue sich, in Anna eine so tatkräftige Frau kennen zu lernen.
»Woher weiß sie denn das?«, fragte diese Francesco.
»Sie sieht mehr, als wir glauben, Anna. Vielleicht ist sie eine Art Hexe – aber verraten Sie mich nicht. Sie hat mich gebeten, Ihnen die Geschichte der Familie Singh zu erzählen. Jeder, der in den Kreis der Familie eintritt, bekommt einen Ring. Kali ist aus einem sehr alten, reichen Geschlecht. Ihre Vorfahren sind mit den Maharadschas in den Krieg gezogen, haben die Kriege auch oft finanziert, dadurch erreichten sie neue Länder, konnten ihre Handelsbeziehungen erweitern und wurden unvorstellbar reich. Ein Sohn der Maharadschas von Udaipur heiratete im sechzehnten Jahrhundert in die Familie Singh ein. Sie müssen wissen, dass die Adeligen aus Rajasthan die ältesten Adeligen auf der Erde sind. Die Maharadschas von Udaipur stammen aus der Sonne, behaupten sie, also sind die Sonnengötter ihre Vorfahren. Vor vielen tausend Jahren kamen sie aus dem Himalajagebiet hierher. Ein anderes Geschlecht aus Rajasthan – die Hada-Fürsten – behauptet, dass ihre Vorfahren dem Feuer entstiegen sind. Ist das nicht eine unglaubliche Geschichte? Sie hat mich immer fasziniert.«
Er schaute jetzt zu Kali Singh, die Anna ein grünes Samtkästchen feierlich übergab, in dem ein goldener Ring mit einem mittelgroßen Carneol lag.

Anna konnte auf dem orangeroten Stein den tanzenden Gott Shiva mit seiner Gattin Parvati erkennen, die sich beide aus dem Stein zu erheben schienen. In beiden Seiten des Ringes waren große ungeschliffene Brillanten eingearbeitet.
Anna war sprachlos und überrascht. Sie war nicht darauf vorbereitet, etwas geschenkt zu bekommen. Sie lächelte Kali verlegen an und sagte: »Danke, aber so etwas Kostbares kann ich gar nicht annehmen!«
Francesco übersetzte dieses der Großmutter. Kali schaute Anna lächelnd an, nickte mit dem Kopf, was heißen sollte: Nimm nur, es ist schon richtig.
Francesco erklärte Anna, dass es in Indien Brauch sei, sich bei Hochzeiten zu beschenken.
Anna nahm den Ring vorsichtig aus dem Samtkästchen. Ehrfürchtig streifte sie ihn auf ihren leeren Ringfinger. »Danke! Seit meiner Hochzeit mein erster Ring«, sagte sie mit einer Verneigung zur Großmutter.
Francesco übersetzte ihre Worte.
Kali antwortete: »Na, dann wird es höchste Zeit.«
Francesco lachte: »Ja, das glaube ich auch.«
Inzwischen standen große Tabletts mit verschiedenen Currygerichten auf dem Tisch und jeder nahm sich, was ihm gefiel, worauf er Appetit hatte.
Francesco beriet Anna, was sie von diesem reichhaltigen Angebot probieren sollte. Anna entschied sich für einen hausgemachten Käse und dazu wollte sie nur Chapati essen.

Nur Anna und der Italiener tranken Wein. Anna blickte wieder zu ihrem Sohn.
Andreas unterhielt sich angeregt mit seiner Braut.
Der kriegt doch sonst den Mund nicht auf, sagt nur, was nötig ist, dachte sie fast wütend. Jetzt quatscht er wie ein Buch.
Francesco hatte ihren Blick gesehen und bemühte sich, sie abzulenken, indem er ihr erklärte, wer an der Tafel wer war.
»Die hübsche Dame neben Draupati ist die Schwester von Krishna. Die zwei jungen Männer sind ihre Söhne. Ihr Mann ist gestorben. In Indien Witwe zu sein ist nicht sehr angenehm, da die Frauen früher meistens mit ihren Männern – nicht immer freiwillig – in den Tod gehen mussten, das heißt, sie sprangen in den Scheiterhaufen und wurden mit ihrem toten Mann bei lebendigem Leib verbrannt. Erst die Engländer haben diesen grausamen Brauch verboten. Die drei, die ich eben vorgestellt habe, gehören zur engsten Familie. Der Rest sind Tanten, Onkel und Neffen von beiden Seiten.«
Krishna klopfte jetzt an sein Glas und hieß alle herzlich willkommen.
»In fünf Tagen feiern wir die Hochzeit von Andreas und Lakshmi. Wir freuen uns, dass Anna, seine Mutter, unter uns weilt.«
Er sprach dies in Englisch und in seiner Heimatsprache. Er begrüßte jeden Einzelnen und mit besonderer Hochachtung seine Mutter Kali.

Nach dem Essen wurden alle Tische weggeräumt. Eine kleine Kapelle spielte ungewöhnlich schrille, für Annas Ohren fast unharmonische Weisen. Sie staunte darüber, wie viel Temperament bei den Männern freigesetzt wurde. Sie bewegten sich ziemlich wild und wie in Trance.
Francesco forderte Anna auf, doch sie wehrte entschieden ab.
»Ich würde nur auf Ihren Füßen stehen, ich habe seit vielen Jahren nicht mehr getanzt und dieses verrückte Zeug kann ich schon gar nicht.«
Ihr Sohn und Lakshmi kamen zu ihr, um sich zu verabschieden. Sie hätten noch so viel zu tun: »Tschau, Mutter«, das war es, was ihr Einziger zu sagen hatte.
Sie saß da, als hätte er einen Eimer kaltes Wasser über sie gegossen.
Was ist los, warum benimmt er sich so fremd?
Francesco spürte ihre Enttäuschung und wollte sie auf seine Art trösten.
»Frau Anna, Sie sollten doch tanzen.«
Wütend stand Anna auf und erwiderte mit barscher Stimme: »So was Blödes, ich kann doch jetzt nicht tanzen«, drehte sich zum See, damit er nicht bemerkte, dass sie eigentlich weinte.
Francesco sah es und war still. Er schaute in die Runde: Alle waren fröhlich und tanzten oder sprachen miteinander.
Er sagte ruhig zu Anna: »Wenn Sie sich nicht wohl füh-

len nach der langen Reise, gehen Sie ruhig schlafen, es fällt gar nicht auf, wenn Sie sich zurückziehen.«
Francesco geleitete sie über die vielen Treppen hinunter ins Hotel.
Elegant schloss er das schwierige Türschloss auf, wünschte eine gute Nacht und verschwand.
Anna legte sich auf das Bett und fühlte sich einsam und verlassen.
Was soll ich hier, abgestellt in einem Hotel? Mein Sohn geht mit seiner Braut weg, ohne ein liebes Wort für mich, nur: Tschau, Mutter – nicht, wie schön, dass du da bist – du siehst gut aus in dem Sari ... Alles Gewohnte zwischen ihnen, was früher wortlos geschah, die Blicke des Einverständnisses, die bei allen Anlässen zwischen ihnen hin- und hergegangen waren, fehlten ihr sehr.
Das Gefühl, der andere, der Sohn, steht hinter dir, neben dir, vor dir, es war einfach weg.
Sie stand allein.
Das wurde ihr in der ganzen Tragweite klar, als ein Gefühl der Leere, in das sie fiel. Sie schaute auf den Ring an ihrer Hand – er war ihr seltsam vertraut.
Shiva, der Zerstörer. Soweit sie wusste, war Brahma der Schöpfer, Vishnu der Bewahrer und Shiva der Zerstörer. Sie verkörperten die drei Aspekte Gottes.
Warum hatte sie gerade einen Ring mit dem tanzenden Shiva geschenkt bekommen, der durch seinen rasenden Tanz die Schöpfung und die Zeit zerstört, da-

mit ein Neubeginn möglich ist? Hinter Shiva war deutlich Parvati zu erkennen. Sie repräsentiert die kosmische Energie, die Urnatur, in ihrer drastischen Form die Göttin Durga oder Kali, in ihrer sanften Form Sali und Uma.

Mit diesem Ring waren diese Götter nun in Annas Leben eingezogen.

Was kam da auf sie zu? Worauf musste sie sich gefasst machen?

Die Tränen liefen einfach über ihr Gesicht. Dann fiel ihr Blick auf das beleuchtete Hotel mitten im Wasser. Ihre Augen blieben an diesem fast unwirklichen Anblick hängen. Sie spürte, wie sie ruhiger wurde, und schlief im Sari auf dem schönen, breiten Bett ein.

Gott hatte ihr schon immer einen tiefen Schlaf geschenkt, der alle Schmerzen auslöschte.

Der Tanzlärm und die Musik dauerten noch die halbe Nacht, doch Anna hörte nichts, sie schlief.

Morgens, als sie die Augen aufschlug, sah sie, wie auf dem Wasser goldene Lichtbänder zu dem weißen Palast hinschlängelten, an ihm hochwuchsen, jedes der vielen Fenster leuchtete danach auf, wie pures Gold.

So ein grandioses Sonnenspiel hatte Anna noch nie erlebt. Es war, als ob die Sonnengöttinnen über das Wasser tanzten und den neuen Tag mit ihren flammenden Gewändern jauchzend begrüßten.

Sie hatte auch am Bodensee unvergleichliche Sonnenaufgänge erlebt, aber dieses Naturschauspiel berührte Anna sehr.

Sie bemerkte, dass sie im Sari eingeschlafen war. Sie versuchte, sich zu erinnern, weshalb?

Ich war traurig und verzweifelt, danach werde ich immer müde, als hätte ich meine Kraft unnütz vergeudet.

Sie löste ihren Blick von dem goldenen Licht über dem See, zog sich langsam aus, löste die Sicherheitsnadeln und bemerkte, dass der Sari gar nicht zerknittert war. Sie ging in das altmodische Bad aus schwarzem und beigefarbenem Marmor und war erstaunt, dass alle Hähne funktionierten, obwohl sie nicht so aussahen. Sie ließ das Wasser über ihren Körper strömen und wusch damit alles, was sie belastete, ab. Das Wasser half ihr immer, negative Schwingungen loszulassen.

Neben dem Bad hatte sie ein Ankleidezimmer mit einem altmodischen Schrank, einem Schminktisch, sogar mit einem Föhn und Ablagen für Koffer. Sie fand das sehr durchdacht.

Ihr Zimmer war aus weißem Marmor und blitzsauber. Hier werde ich mich wohl fühlen und die Zeit schon überstehen, die ich hier sein muss.

Erkennen

Andreas begab sich nach Sonnenaufgang aus dem Haus seiner Schwiegereltern und wollte mit einem Tuk Tuk zu seiner Mutter fahren, um mit ihr zu frühstücken.
In diesem Moment kam ein junger Mann atemlos auf ihn zugerannt und stotterte: »Du bist doch ein Heiler, mein Freund hat einen Ischiasnerv eingeklemmt und kann sich nicht mehr bewegen. Er bittet dich um deine Hilfe.«
Andreas fragte verwundert: »Woher weißt du, dass ich ein Heiler bin?«
»Oh, das wissen alle in Udaipur«, erwiderte der junge Mann.
»Aha?«
Freundlich ging Andreas mit ihm zu einem wartenden Auto mit Chauffeur.
»Es ist nur zehn Minuten von hier.«
Sie fuhren in hohem Tempo aus der Stadt. Mit einer schnellen Bewegung ergriff der junge Mann eine

Schachtel, holte etwas heraus, presste es Andreas fest vor die Nase und bedrohte ihn mit einem Revolver. Andreas dachte noch, ich bin wohl im falschen Film, und wurde bewusstlos.

Anna, die inzwischen angezogen war, ging auf die Terrasse zum Frühstück. Hier erwartete sie schon Francesco. Anna dachte: Auch das noch, denn sie hätte viel lieber in Ruhe und allein gefrühstückt.
»Guten Morgen, gut geschlafen, schöne Frau?«
Anna erwiderte etwas unwirsch: »Die Floskeln können Sie sich bei mir sparen.«
Da sie Deutsch mit Zungen-R sprach, klang es noch rauer, als es klingen sollte.
Ihre Sprache war ein Mischmasch aus österreichischem Akzent und Bodenseedialekt. Das Zungen-R war noch ein Überbleibsel aus Kroatien.
»Aber, aber«, entgegnete der Italiener. »Die Floskeln, wie Sie es nennen, machen das Leben angenehmer.«
»Sie verschleiern die Wahrheit«, gab Anna herb zurück.
Er schaute sie einen Moment erstaunt an und dachte: Sie passt sehr wohl zur Mutter von Krishna, zwei Herrscherinnen, wenn das mal gut geht.
Nichtsdestotrotz erklärte er ihr höflich, was es hier alles zum Frühstück gab.
»Ja, vielen Dank! Ich schaue lieber selbst, was ich essen will.«

Patsch, da hatte er es wieder.
Sie nahm einen Teller mit Papaya und Zitronen, weil sie sich vorgenommen hatte, viel Obst zu essen, da es hier wirklich in der Sonne reifen konnte und nicht im Container.
Dann bestellte sie Kaffee und gab Francesco durch ihre Körpersprache zu verstehen, dass sie jetzt nicht reden, sondern in Ruhe frühstücken wollte. Wenn er wüsste, wie wenig sie zu Hause ohne Störung tun konnte, würde er sie vielleicht verstehen.
Diese Frau wusste jedenfalls, was sie wollte. Auch gut – er wusste auch, was er wollte.
So saß Francesco ruhig neben Anna, trank seinen Kaffe, schaute aufs Wasser, beobachtete die geschmückten Boote, die die Gäste zum Lake-Hotel brachten, und genoss einfach diesen schönen Morgen.
Sein Blick fiel auf Annas Hände, die nun der Ring von Kali schmückte. Es waren gute, feste Hände. Etwas Vertrautes ging von Anna aus, das ihm wohl tat. Eine Frau, die man gut brauchen könnte, wenn man in Not war. Bestimmt ist sie ihrem Sohn ein guter Freund, ein Brunnen in der Wüste, ein fester Halt im Sturm. Wahrscheinlich kann man auch mit ihr lachen.
Francesco stellte fest, dass ihm diese Frau gefiel. Es hatte ihn schon lange keine mehr interessiert. Dieses Kapitel war abgeschlossen, seit seine Frau mit siebzig Jahren qualvoll gestorben war.

Francesco verbot sich, noch tiefer in seine Vergangenheit einzusteigen. Sie war ein für alle Mal vorbei.
Anna hatte seine ruhige Gegenwart wohltuend gespürt. Als sie fertig war, sagte sie versöhnlich: »Sie müssen verstehen, dass ich es genieße, das Frühstück nicht selbst machen zu müssen, und vor allem, ungestört zu essen. Bei uns klingelt das Telefon andauernd oder es stehen unangemeldet Patienten an der Haustür, sodass ich mein Essen meistens hinunterschlingen muss. Ich bin zu Hause sozusagen Mädchen für alles.«
»Hm, ich verstehe«, brummte der Italiener. »Wenn es Ihnen konveniert, soll ich Ihnen ausrichten, dass Draupati Sie in ihrem Haus erwartet und uns später gerne zum Essen einladen würde.«
»Kann ich so gehen, wie ich angezogen bin?«
Anna hatte eine weiße Leinenhose an, ein weißes Baumwollshirt und darüber ein weißes, halblanges Leinenhemd.
»Sie sehen gut aus, Leinen ist immer richtig, Sie bräuchten nur ein schönes Tuch.«
»So etwas habe ich nicht.«
»Macht nichts, wir gehen zu Fuß den Berg hinunter, dort unten gibt es ein Geschäft des Maharadschas, Cottage Industries, da finden Sie wundervolle Schals aus Kaschmir, Seide, Baumwolle, alles, was Sie wünschen. In Indien trägt eine Frau immer die Schultern bedeckt. Sie können sogar in Euro bezahlen oder mit der Karte.«

Sie schlenderten den Berg hinunter. Am Fuße des Berges erwartete sie ein elegantes Geschäft. In den großen Gewölben hatte sich früher die Weberei des Maharadschas befunden. Sie war jetzt umfunktioniert in verschiedene Abteilungen, die Statuen aus Metall und Marmor, antike Baumwollteppiche und Seidenteppiche, Gold und Juwelierwaren, Seidensaris und Schals, in jeder Preislage und Qualität, die Farben eine ausdrucksvoller als die andere, anboten.
»Ich kann gar nicht glauben, dass es hier so eine große Auswahl an kostbaren Dingen gibt. Ich dachte, Indien sei arm.«
»Nicht alle Inder«, erwiderte Francesco spöttisch. »Und dieses Geschäft ist für die Touristen und nicht für die Einheimischen.«
»Kommen denn hier überhaupt Touristen her?«
»Ja natürlich, wie überall überfallen sie die Länder, in denen es einigermaßen schön und warm ist.«
Anna hatte sich unter der großen Auswahl einen eisblauen Seidenschal ausgesucht, der mit kleinen Stickereien verziert war. Sie war überglücklich über ihre neue Errungenschaft.
Francesco dachte: Also ist sie doch ein Weib, das Freude hat an schönen Sachen.
»Hier komme ich ganz bestimmt noch einmal her«, beteuerte Anna an der Kasse, als sie bezahlte.
Francesco hätte ihr den Schal gerne geschenkt, doch er wusste, dass das falsch gewesen wäre. Sie nahmen

sich wieder ein Tuk Tuk, diese offene, kleine Riksha mit einem Motor. Auch das begeisterte Anna.
»Das ist ja viel praktischer als ein Auto und braucht nicht so viel Benzin, so etwas hätte ich gerne zu Hause.«
»Ob das bei Ihrem Wetter das Richtige ist, bedenken Sie, Sie sitzen ja immer im Freien.«
»Da haben Sie Recht, ist vielleicht doch nicht geeignet für die Gegend am Bodensee.«
Sie fuhren durch die engen Gassen und Anna freute sich wieder über die fröhliche Gelassenheit bei allen Fahrern. Kühe, Kinder, Motorräder, Autos, Esel, Lastenträger, jeder nahm Rücksicht auf den andern.
Die Kühe blieben seelenruhig mitten auf der Straße liegen, weil sie wussten, keiner würde sie überfahren, wenn jemand eine Kuh verletzte, kostete es eine hohe Geldstrafe. Anna bewunderte an den Straßen links und rechts die Geschäfte und Werkstätten, die ihre Auslagen bis zum Überquellen mit ihren Angeboten füllten. Besonders interessant fand sie die vielen Buchbindereien, die Bücher, in kostbare Seiden gebunden, anboten. So brauchten sie eine Weile, bis sie vor einer schönen, großen Villa im indischen Stil hielten.
Am Ende einer Marmortreppe öffnete der Butler eine ungewöhnlich geschnitzte, bemalte Holztür und führte sie durch eine Halle, die mit Wandmalereien und Halbedelsteinen geschmückt war. Anna drehte sich

staunend um sich selbst, die Schönheit war einfach überwältigend.
»So wohnt man in Indien?«
Francesco erklärte ihr, dass hier in Udaipur die Miniaturmalerei zu Hause sei und die reichen Kaufleute ihre Villen nach dem Vorbild der Maharadscha-Paläste gestalteten.
Der indische Butler führte sie weiter in einen Salon mit kostbaren Wandteppichen, wo Draupati Anna und Francesco herzlich begrüßte.
Sie führte die beiden in eine Sitzecke mit großen Kissen aus Seide und Stickereien und an einen niedrigen Tisch mit vielen Intarsien.
Anna überlegte: Wie komme ich einigermaßen elegant auf diese Kissen runter?
»Mögen Sie osmanischen Kaffee?«, fragte Draupati höflich.
»Ich weiß nicht, was das ist, aber ich bin grundsätzlich neugierig, was Essen und Trinken betrifft«, gestand Anna.
Draupati füllte Kaffee aus einer silbernen Kanne in sehr kleine Tassen ohne Henkel, diese wiederum nur halb voll. Sie erklärte, der Kaffee bestehe aus Kardamom, Safran, Rosenwasser und natürlich auch aus Kaffee.
Anna sah in die Tasse, fand dies sehr witzig – so wenig – und trank sie auf einen Schluck leer.
»Vorsicht«, sagte Francesco, »Sie müssen diesen Kaffee

in kleinen Schlückchen genießen, davon kann man nicht viel trinken.«
Anna kam sich tölpelhaft vor, die ungewohnte Umgebung schüchterte sie ein.
Es war alles so anders. Und immer wieder beschäftigte sie der Gedanke: Wie komme ich von diesen Kissen einigermaßen sportiv wieder hoch?
Die zweite Tasse Kaffee trank sie jetzt langsam, schlückchenweise und schmeckte die Gewürze wirklich auf der Zunge.
»Meine Großmutter hat Safran und Kardamom auch noch benutzt, aber wir haben diese Gewürze vergessen. Safran ist sehr teuer, glaube ich. Wir nehmen ihn manchmal zum Backen.«
»Kochst du denn bei dir zu Hause selbst?«
Anna lachte: »Ja, Draupati, wir haben keinen Diener und Andreas ist durch meine österreichische Küche sehr verwöhnt.«
»Wieso kochst du österreichisch?«
»Ich komme aus Kroatien, das gehörte eine Weile zu Österreich und nach dem Krieg lebten wir in Wien, da habe ich wirklich gut kochen gelernt. Ich glaube, dass meine Art zu kochen in Indien ein großer Erfolg wäre, weil es so völlig anders ist. Ich muss dir gestehen, für mich ist die indische Küche mit ihren scharfen Gewürzen eine wohltuende Abwechslung.«
Draupati, die in ihrer Umgebung überhaupt nicht mehr verhärmt aussah, wirkte in ihrem goldgelben

Sari zerbrechlich, feingliedrig, auf eine sanfte Weise schön.

»Entschuldige, Anna, wenn ich mich einmische, es ist nicht meine Art, mit der Tür ins Haus zu fallen, aber wir haben nicht viel Zeit vor der Hochzeit, um miteinander zu sprechen. Darf ich dich fragen, hast du dir schon Gedanken darüber gemacht, wie dein Leben aussehen soll, wenn die beiden nach der Hochzeit in Deutschland in eurem Haus leben werden? Hast du mit Andreas darüber gesprochen?«

»Was, habe ich richtig verstanden?«, fragte sie Francesco, »wie ich mir mein Leben vorstelle, wenn die beiden nach Deutschland in unser Haus kommen? – Das habe ich mir noch nicht vorgestellt, ich weiß nur, dass die beiden ohne mich nicht zurechtkommen würden«, antwortete sie wahrhaftig.

Erstaunt sah Draupati sie an.

»Du meinst also, dass es ohne dich nicht geht? Ich will dir eine Geschichte erzählen. Bitte, Francesco, übersetze, wenn Anna etwas nicht versteht. Ich war sechzehn und kam in das Haus meiner Schwiegermutter, du hast sie ja kennen gelernt. Meine Eltern waren vermögend, aber nicht so reich wie die Eltern von Krishna. Die Heirat wurde von unseren Eltern beschlossen, als wir noch Kinder waren. Ich kam also in das Haus von Kali und sie erzog mich nach ihren Vorstellungen für die Ehe mit ihrem Sohn: Mein Sohn liebt das Essen auf diese Weise gewürzt, mein Sohn

liebt es, die Kleider in dieser Art aufs Bett gelegt zu bekommen. Die Schuhe müssen gerade hingestellt werden, er wünscht die Zeitungen auf der linken Seite der Tasse, dieses mag er essen und dieses nicht. Dies sind nur ein paar Beispiele. Kannst du dir vorstellen, wie lange ich brauchte, diesen Sohn zu lieben? Wie ich diese Mutter hasste, wie verbittert ich war, dass wir nie, wirklich nie allein waren? Ich kam von einer Familie in die andere, ohne das Gefühl zu haben: Ich bin verheiratet, das ist mein Mann, ich gehöre zu ihm und er gehört zu mir. Erst als wir ein eigenes Haus hatten, hat sich mein Leben geändert. Ich weiß heute, dass wir niemandem gehören und keiner uns gehört, aber das musste ich in meinem Leben unter Schmerzen lernen. Du fragst dich bestimmt, Anna, warum ich dir das erzähle? Ich möchte nicht, dass meine Tochter dasselbe erlebt. Lakshmi hat bestimmt deshalb den Wunsch, Indien zu verlassen, weil sich für sie vieles zu langsam entwickelt. Also noch einmal, Anna: Dein Sohn hat mir von dir erzählt, von deiner Stärke, deinem Willen und deiner Kraft, was du alles gemeinsam mit ihm aufgebaut hast. Überlege rechtzeitig, wie du leben willst und wo du leben willst.«
Wie pfeilgerade diese Frau schoss.
Ein Teil in Anna wollte aufstehen und schreien: Sie haben mir gar nichts zu sagen, der andere Teil in ihr weinte bitterlich.
Sie sagte laut und trotzig: »Ich habe mir noch gar

nichts überlegt, aber mir ist im Leben zur richtigen Zeit immer das Richtige eingefallen.«
»Na, dann bin ich ja froh.« Draupati erhob sich und fragte: »Hast du Lust, mit mir und Francesco im Lake-Palast den Lunch einzunehmen? Du solltest in jedem Fall dieses wunderbare Hotel, inmitten des Sees, einmal erleben.«
Anna war nicht danach zu Mute, nur was sollte sie machen?
»Wo sind Lakshmi und Andreas, könnten sie nicht mit uns kommen?«, fragte sie Draupati.
»Lakshmi hat eine Wohnung hier im Haus, sie haben heute wegen der Hochzeitsvorbereitungen keine Zeit für uns.«
Anna sah Draupati jetzt mit anderen Augen, sie ist zwar klein und zart, doch diese Menschen sind immer zäher als wir großen, starken. Sie sind biegsamer, uns kann man zerbrechen! Nein, mein lieber Andreas, diese indische Familie schreibt mir nichts vor – mir nicht.

Ihrem lieben Andreas ging es inzwischen nicht gut. Nach einer ihm endlos lang erscheinenden Fahrt, von der er nicht viel mitbekommen hatte, da seine Augen noch immer verbunden waren und es ihm vom Äther furchtbar schlecht war, hielt der Wagen endlich an. Einer der Männer zerrte ihn aus dem Auto und Andreas erbrach sich sofort. So gut es ging, versuchte er,

seine Kleider nicht zu beschmutzen. Zwei Männer zogen ihn an einen Baum und banden ihn fest. Mit der Ruhe, die ihm eigen war, fragte er die fremden Männer: »Warum tut ihr das? Was habe ich euch getan?«
»Weil du in Indien nichts zu suchen hast«, antwortete einer von ihnen. »Wir übergeben dich dem Gottesgericht.«
»Was heißt denn: dem Gottesgericht?«
»Wir tun dir nichts, wir binden dich nur an einem Baum fest«, was sie auch taten.
Andreas bat um einen Schluck Wasser. Einer von denen, die er nicht sah, meinte, man solle einem Todgeweihten den letzten Wunsch erfüllen.
Ein anderer hielt ihm eine Plastikflasche mit Wasser an den Mund und Andreas trank gierig die Flasche leer.
Unvermittelt riss ihm jemand die Binde vom Kopf. Er sah, dass er sich in einem dichten Wald befand. Nach seinem Gefühl war er auf einem Berg. Die Männer verschwanden, ohne dass er sie richtig gesehen hatte.
Andreas fühlte sich elend und konnte nicht glauben, dass ihm so etwas überhaupt geschah. Nach einer Weile rief er laut um Hilfe, hörte jedoch nur einen Bach rauschen.
Ich habe kein Handy und weiß nicht einmal, wo ich bin. In jedem Fall muss ich versuchen, mich von diesen Fesseln zu befreien. Mit seinen Fingern tastete er

die Art der Schlingen ab, die um seine Hände gewickelt waren. Er versuchte, sie zu lockern, aber es gelang ihm nicht.
An den Beinen bis hoch zum Bauch war er ebenfalls an den Baum gefesselt. Er versuchte, die Stricke durch geschickte Bewegungen seines Körpers ins Rutschen zu bringen, doch auch diese Bemühung blieb erfolglos.
Er rief wieder und wieder um Hilfe, aber es war nur Stille um ihn.
Langsam wurde Andreas die Gefährlichkeit seiner Lage bewusst. Er sah in diesen dichten Wald und dachte: Hier gibt es bestimmt Schlangen und ich bin jeder Gefahr hilflos ausgeliefert.
Arme Lakshmi – arme Mutter.
Was wäre, wenn er, an diesen Baum gefesselt, sterben sollte?
Er sah Bilder seines Lebens vor seinen geschlossenen Augen, wie er als kleiner Junge vor dem Rollstuhl seiner Großmutter kniete, die seinen Kopf streichelte, der in ihrem Schoß lag. Sie ließ seine Locken durch ihre Finger gleiten und ihre leise Stimme flüsterte ihm zu, seine Träume, die er eines Tages vom Leben haben würde, auch wahr zu machen, nie auf halbem Wege stehen zu bleiben. Nur diejenigen, die Träume und Visionen haben, verändern etwas in der Welt.
Das Bild seines Vaters schob sich vor seine Augen, wie er mit schweren Schritten über seine Felder ging, die

er demütig bearbeitete. Der Traum vom Leben konnte sich bei ihm durch den Verlust seiner Heimat und seines Hofes nicht so erfüllen, wie er sich das als junger Mann vielleicht gewünscht hatte – etwas in seinem Wesen war dadurch gebrochen.
Er war immer nur gütig gewesen, eines Tages war seine Kraft einfach zu Ende und er starb.
Andreas sah seine Mutter in ihrer großen Küche am Herd stehen, wie sie Marillenknödeln, sein Lieblingsgericht, formte und ins heiße Wasser legte und jeden Tag liebevoll den Tisch deckte, ihn immer fragte: Mein Junge, was würdest du heute gerne essen? Krautfleckerln, Apfelstrudel, Milchrahmstrudel, Germknödel mit Meerrettichsoße oder Buchteln mit Vanillesoße? Wie sie ihre ganze Kochkunst jeden Tag vor ihm ausbreitete und ihn damit maßlos verwöhnt hatte.
Mirko und Shambo, seine Hunde, was sollte aus ihnen werden? Sie begleiteten ihn jeden Tag in den riesigen Tannenwald, wo er das Wachstum der Bäume kontrollierte oder kleine Edeltannen pflanzte, um genügend Christbäume an Weihnachten zu haben, die er dann in Konstanz auf dem Marktplatz verkaufte.
Er kannte jeden Baum und auch die Menschen, die Jahr für Jahr seine Weihnachtsbäume kauften.
Er liebte seine Bäume und jetzt war er an einen Baum gefesselt.
Lakshmis schönes Gesicht drängte sich vor seine Augen. Er hatte sie zum ersten Mal in Stuttgart bei ei-

nem Ayurveda-Seminar, das sie leitete, gesehen. Der Raum war von ihrem Charme und ihrer Schönheit erfüllt.
Er schaute in diese warmen, braunen Augen, zog den Schwung ihrer Augenbrauen nach, wünschte, er könnte sein Gesicht in ihre langen, dunklen Haare drücken und ihren Duft einatmen. Er musste innerlich lächeln, wie geschickt sie in ihrem Seminar Deutsch mit Englisch vermischt hatte, aber er hatte nicht aufgenommen, was sie lehrte. Manchmal blieben auch ihre Augen an seinem wirren Lockenkopf hängen. – Wie könnte er sie näher kennen lernen?
Er musste etwas finden, um mit ihr zu sprechen. Es war das erste Mal in seinem Leben, dass er sich so intensiv zu einer Frau hingezogen fühlte, was ihn völlig überforderte. Die Intensität, mit der es ihn zu dieser Frau drängte, verwirrte sein ganzes Sein. Die Gefühle in ihm tobten mit einer solchen Macht, dass er nichts anderes mehr denken konnte als Lakshmi Singh ... Lakshmi Singh.
Das Schicksal hatte es gut mit ihm gemeint. Nach einer Seminarstunde stürzte Lakshmi unglücklich die Treppe hinunter und konnte sich nicht mehr rühren. Jetzt war seine Chance gekommen. Er hob sie vorsichtig hoch, trug sie in den Seminarraum, sein Gesicht war ihren Haaren ganz nah. Er atmete ihren Duft ein und wusste, er konnte ihr helfen. Seine Hände fuhren sanft über ihre schmerzenden Stellen und fügten alles

wieder an seinen richtigen Platz. Sie war überrascht über sein Können und verlegen lächelte sie ihn an: »Wie kann ich Ihnen danken?«

Andreas nahm allen Mut zusammen: »Indem Sie mir einen Abend schenken.«

Es wurden viele Abende.

Sie hatten sich viel zu erzählen, sie entdeckten viel Gemeinsames, aber auch vieles, was sie trennte. Sie kam aus einer völlig anderen Kultur, die Andreas jedoch nicht fremd war, zu der er sich zeit seines Lebens, auch durch seine Arbeit, hingezogen fühlte.

Lakshmi war im hinduistischen Glauben erzogen und Andreas im Urchristentum zu Hause. Es war nicht schwer, diese Glaubensrichtungen zu einen, es gab eigentlich keinen Unterschied. Ihre Liebe gab ihnen den Mut, ihr Leben zu verbinden.

Doch nun, kurz vor der Erfüllung seiner Liebe zu Lakshmi, passierte dieses Unerklärliche, Unfassbare, dass er, an einen Baum gefesselt, irgendwelchen Gefahren ausgeliefert war, die er nicht kannte, mit denen er vielleicht auch nicht umgehen konnte.

In dieser Situation konnte nur Gott ihm helfen.

Er betete das Gebet des Franziskus, der ihm immer nahe war.

»Herr, mach mich zum Werkzeug deines Friedens,
dass ich liebe, wo man hasst;
dass ich verzeihe, wo man beleidigt;
dass ich verbinde, wo Streit ist;

dass ich die Wahrheit sage, wo Irrtum ist;
dass ich Glauben bringe, wo Zweifel droht;
dass ich Hoffnung wecke, wo Verzweiflung quält;
dass ich Licht entzünde, wo Finsternis regiert;
dass ich Freude bringe, wo der Kummer wohnt.
Herr, lass mich trachten,
nicht, dass ich getröstet werde, sondern dass ich tröste;
nicht, dass ich verstanden werde, sondern dass ich verstehe;
nicht, dass ich geliebt werde, sondern dass ich liebe.
Denn wer sich hingibt, der empfängt;
wer sich selbst vergisst, der findet;
wer verzeiht, dem wird verziehen;
und wer stirbt, der erwacht zum ewigen Leben.
Amen.«

Eine große Ruhe überkam Andreas. Er hatte sich in das Vertrauen begeben.

In diesem Moment raschelte es in den Zweigen und ein Tiger sprang hervor.

Andreas kam das so unwirklich vor, dass er hellauf lachen musste und sagte: »Du hast mir zu meinem Glück gerade noch gefehlt.«

Der Tiger hielt im Sprung inne, stutzte einen Augenblick, sah Andreas neugierig an und blieb stehen.

»Ich schmecke nicht gut, lieber Freund, ich bin Vegetarier, musst du wissen. Außerdem bin ich völlig hilflos an diesen Baum gefesselt.«

Der Tiger kam näher, wie um zu prüfen, ob Andreas

die Wahrheit sprach. Dann schaute er ihn interessiert an.
»Warum hast du keine Angst vor mir?«
»Na ja, mein lieber Freund, ein bisschen schon, ich bin einfach auf deine Fairness angewiesen. – Halt! Hast du eben etwas zu mir gesagt?«
»Ja, ich spreche mit dir, warum hast du keine Angst?«
Andreas spürte, dass er auf unerklärliche Weise die Gedanken des Tigers empfing.
Und wieder musste er lachen, weil er die Situation so absurd fand.
»Meine Mutter hat sich immer einen Tiger als Haustier gewünscht.«
Der Tiger erwiderte: »Als Haustier würde ich mich nicht eignen und eigentlich gibt's da auch nichts zu lachen.«
»Entschuldige, ich habe mit Bäumen gesprochen, mich mit wilden Pferden in Peru unterhalten, aber mit einem Tiger hatte ich bisher nicht das Vergnügen.«
»Ich habe auch noch nie mit einem Menschen gesprochen, du bist der Erste, der mich hört.«
»Warum hast du mich nicht angefallen, als du kamst?«
»Weil ich dich gesehen habe, wir Tiere sehen das Licht eines Menschen, seine Aura. Die Menschen, die Angst vor mir haben, haben eine rote, wilde Aura mit feurigen Blitzen, aber du bist voll hellem Licht. Deine Aura leuchtet wie ein Regenbogen.«
Andreas war überrascht.

»Was du nicht sagst. Ihr seht die Aura eines Menschen?«
»Ja, wir sehen überall die Aura.«
»Was heißt das?«, wollte Andreas wissen.
»Wir sehen die Aura eines Waldes, einer Blume, eines Baumes. Alles hat das Licht seiner Entwicklung um sich, was ich an den Farben erkenne. Also in deinem Fall sehe ich, dass du ein reiner Mensch bist. Was machst du in deinem Leben? Wie heißt du?«, wollte der Tiger wissen.
»Ich heiße Andreas und bin Therapeut, ein Heiler für Gelenke. Wenn zum Beispiel jemand seinen Arm ausrenkt oder einen Nerv eingeklemmt hat, kann ich helfen, oft auch durch Akupunktur.«
»Was ist Akupunktur?«, wollte der Tiger wissen.
Er hatte sich inzwischen gemütlich hingelegt und sein Fell sah wunderschön aus. Seine Augen sahen aufmerksam in Andreas' Augen.
»Akupunktur ist eine chinesische Methode, um die Energie in den Meridianen, den Energiebahnen des Menschen, wieder zum Fließen zu bringen.«
»Könntest du das bei mir auch?«
»Wenn du mich lassen würdest, wäre das bestimmt ein interessanter Versuch. Hast du einen Namen? Du bist so wunderschön, dass ich dich gerne berühren würde. Geben euch eure Mütter Namen?«
»Natürlich, was glaubst denn du. Ich heiße kleiner Buddha.«
Stolz reckte er dabei den Kopf.

Jetzt lachte Andreas herzlich.
»Was weiß denn deine Mutter von Buddha?«
»Was glaubst du wohl? Meine Mutter kennt die Geschichte von Buddha. Die ganze indische Erde ist getränkt von den Lehren und dem Leben Buddhas. Die Erde, unsere große Mutter, hat alles aufgezeichnet in dem großen Erdenbuch. Alle Ereignisse, die jemals auf der Erde geschahen, sind darin aufgezeichnet. Abends, wenn wir uns auf der Erde zum Schlafen hinlegen, erzählt uns die große Mutter ihre Geschichten. Leider sind es meist Erzählungen von Kriegen, aber auch die Geschichte von Buddha oder Jesus. Ich habe mich in die Geschichte von Buddha verliebt und mich als kleiner Tiger unter einen Bodhibaum gelegt und gewartet, dass ich auch erleuchtet werde, wie Siddhartha. Ich habe sehr lange gelegen, sehr lange gewartet, aber so einfach scheint es mit der Erleuchtung nicht zu sein, so nannte mich meine Mutter – unser kleiner Buddha.«
Andreas hatte fast vergessen, dass er an einen Baum gefesselt war. Er fragte verwundert: »Die Erde erzählt euch Geschichten?«
»Genau so, wie wir beide uns jetzt Geschichten erzählen. Man muss hören können, still sein, mit seinem ganzen Körper und Geist zuhören.«
»Ich muss dich schon wieder etwas fragen, bitte halte mich nicht für hochnäsig. Was weißt denn du vom Geist?«
»Der große Geist, der alles erschaffen hat, und mein

Geist sind miteinander verbunden. Ich bin ein Teil von ihm genau wie du. Wir sind alle Teile oder Aspekte dieses einen großen Geistes, wusstest du das nicht?«
»Weißt du, ich bin erschüttert von meiner Überheblichkeit zu glauben, nur wir Menschen seien ein Teil von Gott, den du Geist nennst.«
»Ja, ich kenne eure Überheblichkeit, ihr habt euch aus der Gemeinsamkeit entfernt. Ihr glaubt, die Natur sei ohne Geist, die Erde sei ohne Geist, das Wasser ohne Geist, aber wir Tiere wissen, dass die gesamte Schöpfung aus Geist besteht, dass alles in diesem Kosmos miteinander verbunden ist, auch du und ich, deshalb können wir miteinander sprechen. Wenn du hier von diesem Baum befreit wirst, musst du den Menschen erzählen, dass wir Tiere nicht nur tierisch sind, sondern eins mit dem großen Geist. Wenn ihr ein Tier tötet, um es zu essen, tötet ihr einen Teil des Geistes.«
»Entschuldige, du tötest doch auch ein Tier, wenn du Hunger hast!«
»Ja, aber ich töte nur, wenn ich Hunger habe, und bedanke mich bei dem Opfer. Habt ihr Menschen so viel Hunger, wie ihr Tiere tötet?«
Der kleine Buddha senkte betrübt seinen Kopf. »Weißt du, mein Freund, ich wäre auch gerne Vegetarier wie du, dann müsste ich nicht mehr töten, um zu essen.«
»Hast du es denn mal versucht, kleiner Buddha, von den Früchten der Erde zu leben, hier gibt es doch genug davon?«

»Ich versuche schon, so viel Früchte wie möglich zu essen, nur habe ich dann weniger Kraft, um für mein Überleben zu kämpfen. Hier im Dschungel ist das Leben nicht so einfach. Für eine Kobra zum Beispiel braucht man sehr viel Kraft.«
»Mach mir bitte keine Angst vor Schlangen, vor denen fürchte ich mich sehr.«
Der kleine Buddha sah ihn mit seinen honigfarbenen Augen liebevoll an.
»Ich werde dich heute Nacht beschützen, so lange, bis die Kinder mit ihren Schafen und Ziegen kommen, und dann solltest du um Hilfe rufen, damit sie dich von den Stricken befreien. Ich kann das leider nicht, ohne dich zu verletzen.«
Andreas hatte gar nicht bemerkt, dass es dunkel geworden war, weil er nur in die leuchtenden Augen des Tigers geschaut hatte.
»Du musst tief in deine Beine atmen, damit sie nicht einschlafen. Bewege deine Zehen und Finger, wir machen das auch so. Atme ganz tief, mein lieber Freund.« Und nach einer kleinen Pause fügte er zaghaft hinzu: »Du bist doch mein Freund?«
»Meine Lage ist so erbärmlich, dass ich dir nicht beweisen kann, dass ich dein Freund bin, aber glaube mir, ich bin tief berührt von deiner Weisheit und es ist mir eine Ehre, vielleicht die größte Ehre, die mir in meinem Leben widerfahren ist, dass ich dein Freund sein darf.«

»Erschrick nicht«, sagte der kleine Buddha und stand auf. »Ich mache jetzt einen Kreis um dich, das heißt, du gehörst mir, und das wird dich vor allen Angriffen schützen. Und du brauchst keine Angst zu haben, ich komme wieder.«
Nachdem er den Kreis gezogen hatte, roch es eigenartig scharf nach wildem Tier und der Tiger sprang davon.

Anna, Francesco und Draupati fuhren nach dem Lunch im Lake-Palast-Hotel in einer hübsch dekorierten Barke über den See zum Maharadscha-Palast zurück.
Die Farbe des Sees leuchtete in einem tiefen Dunkelgrün und erinnerte Anna an die Augen Krishnas. Dieses Grün reflektiert die Sonnenstrahlen am Morgen noch stärker als ein blauer See, daher diese intensive Goldwirkung, dachte Anna.
Der See war natürlich nicht sauber, woher die grüne Farbe kam, das wollte Anna später Francesco fragen.
Draupati hatte Anna und Francesco überall in diesem luxuriösen Hotel herumgeführt.
Inmitten des Lake-Palastes gab es mehrere aufwändig gestaltete Gärten mit Bäumen und Blumen, besonders der Oleander blühte hier in voller Pracht.
Die feingliedrige, moslemisch indische Bauweise mit Terrassen- und Bogengängen und Erkern bot fantastische Ausblicke auf den See und den imponierenden Maharadscha-Palast. Aus der Ferne konnte man erken-

nen, dass dieser mindestens aus vier oder fünf Palästen bestand, die elegant auf den Felsen thronten.
Ihr Essen hatten sie im Park des Hotels unter schattigen Bäumen eingenommen.
Anna fand, dass die Bediensteten sehr hübsch gekleidet waren, in ihren bis zu den Knien reichenden, weißen, hemdartigen Jacken, die in der Taille mit einem hellen, roten Gürtel gebunden waren. Ebenso trugen sie einen hellroten Turban.
Im Maharadscha-Palast dagegen waren die Gürtel orangefarben und der Turban ebenso. Alles wirkte märchenhaft. Anna kam sich vor, als ob sie sich in Tausendundeiner Nacht befände.
Draupati erklärte ihr, dass dieser schimmernde Marmor hier überall mit Seidenfäden in Jaipur geschnitten würde, damit er so dünn und durchscheinend wirke. Zwei Menschen arbeiteten an einer Platte zwischen zwei und vier Jahren.
Anna kam aus dem Staunen nicht mehr heraus, als Draupati sie durch die eleganten Geschäfte des Hotels führte. Das Angebot an Schmuck war umwerfend. Es waren sehr feingliedrige, bewegliche Arbeiten, das Gold war so verarbeitet, dass es matt und glänzend wirkte. Es gab außergewöhnliche Armreifen mit Emaille-Verzierungen, die aus der Miniaturmalerei übernommen worden waren, der Verschluss bestand aus goldenen Schrauben. Es gab viel antiken Schmuck, Ohrringe in jeder Form und Fülle, ganz anders als im Goldsouk in

Dubai. Anna war heute dankbar, dass sie wenigstens den Ring von Kali trug und die ungeschliffenen Brillanten reizvoll ihren Schein verbreiteten.
Anna floss über von den Eindrücken dieses Tages.
Als sie unterhalb des Palastes mit der hübschen Barke landeten, wurden sie wieder von diesem adrett gekleideten Diener empfangen. Draupati verabschiedete sich mit den Worten: »Da es jetzt schon spät geworden ist, lass ich euch beide heute allein. Auf Wiedersehen bis morgen!« Sie nahm ein Tuk Tuk und fuhr davon.
Francesco und Anna schlenderten gemächlich den Berg hoch. Anna wollte gerne noch ein bisschen auf der Terrasse sitzen. Francesco bestellte einen italienischen Rotwein.
»Man soll die Feste feiern, wie sie fallen, wir denken zu viel an morgen und vergessen, dass nur der Augenblick zählt und wir eigentlich feststellen müssten, dass wir in diesem Augenblick glücklich sind. Sie sind doch im Augenblick glücklich, Anna?«
»Wenn ich nicht an morgen denke, schon.«
»Dann lassen Sie das Morgen einfach weg«, riet Francesco. »Hat Ihnen der Lake-Palast nicht gefallen? Kennen Sie die Geschichte, Anna?«
Sie schüttelte den Kopf.
»Vor langer Zeit wollte ein Prinz im Palast seines Vaters ein Fest geben für seine Freunde. Sein Vater verbot ihm dies und aus Trotz ließ der junge Mann diesen viel schöneren Palast inmitten des Sees erbauen.«

»Heute kann sich das auch ein junger Prinz bestimmt nicht mehr leisten«, meinte Anna lächelnd. Und: »Ich habe die ganze Zeit nicht einmal an meinen Sohn gedacht. Im Moment fühle ich mich so, als ob meine Vergangenheit nicht mehr zähle, als ob ich mich in einem zeitlosen Raum befinde, in dem alle Türen noch verschlossen sind. Ich habe schon das lustig dekorierte Schiff bewundert, das uns über den See brachte, den Charme der jungen grazilen Inderinnen, die uns auf der Terrasse des Hotels empfingen. Ich war tief beeindruckt von der Kostbarkeit der Bauweise. Ich gebe zu, Francesco, dass ich Derartiges noch nie gesehen und erlebt habe. Es liegt eine Leichtigkeit und Farbenpracht in diesem Leben hier, die Fülle und wie sich die Menschen schmücken, machen mich auf eine seltsame Weise glücklich. Diesen vielen antiken Schmuck, den wir im Hotel gesehen haben, ist der noch von den Engländern übrig geblieben?«
»Nein, nein, um Gottes willen, hier in Udaipur und vor allem in Jaipur ist die Hochburg der Schmuckindustrie – wenn Sie so wollen, der ganzen Welt. Sie müssen wissen, der Maharadscha von Jaipur hat vor langer Zeit alle guten Steinschleifer in seine Stadt geholt und dadurch eine außergewöhnliche Schmuckindustrie aufgebaut.«
»Gott sei Dank mache ich mir nichts aus Schmuck, sonst würde ich hier arm werden.«
Sie saßen lange auf der Terrasse und sahen zu, wie die

blaue Stunde sich über den See senkte und der Tag mit einem violetten Licht hinter den Bergen versank.

»Es ist schön hier, man könnte sich daran gewöhnen an diesen schwimmenden Palast im See. Alles ist mir seltsamerweise vertraut, der Himmel, der einem hier so nahe vorkommt, als sei er gleich hinter den Bergen zu Ende. – Francesco, wissen Sie, warum der See so eine grüne Farbe hat?«

»Wir hatten sieben Jahre kein Wasser im See. Wenn kein Regen fällt, steht das Hotel mitten in einer grünen Wiese.«

»Und wie kommt man dann rüber?«

»Mit dem Auto oder man geht zu Fuß, aber warum der See so grün ist, weiß ich nicht.«

Anna lehnte sich zurück, sie wollte den warmen Abend genießen.

»Stellen Sie sich vor, Francesco, zu Hause ist es jetzt schon viel zu kalt, um sich im Freien aufzuhalten. Genießen wir also die Wärme.«

»Ja, deshalb bin ich den Winter über auch in Indien. Ich war in Udaipur, als ich noch geschäftlich hier zu tun hatte, so glücklich, dass ich mir eine Wohnung gekauft habe, was in Indien noch erschwinglich ist. Ich werde das letzte Viertel meines Lebens in der Sonne verbringen.«

Anna wurde hellhörig.

»Ach, das kann man als Ausländer, eine Wohnung kaufen?«

»Es ist nicht ganz einfach. Indien ist ein sehr bürokratisches Land, das ist noch von den Engländern übrig geblieben, aber mit den richtigen Beziehungen geht auch hier alles.«

Anna dachte an Draupati. – Was machst du und wo willst du leben, wenn die beiden verheiratet sind?

Sie stützte den Kopf in die Hand, schaute auf den See in die Weite und seufzte: »Was soll ich machen?«

In diesem Moment kam der indische Kellner mit dem Telefon.

»Frau Wegheimer?«

»Ja?«

»Ein Anruf für Sie.«

»Hallo, Anna, hier ist Lakshmi, weißt du, wo Andreas ist?«

»Nein, ich weiß es nicht.«

»Er ging heute Morgen aus dem Haus und wollte zu dir ins Hotel und mit dir frühstücken. War er denn nicht bei dir?«

»Nein, ich habe ihn seit gestern Abend nicht mehr gesehen.«

»Das ist komisch«, meinte Lakshmi, »gibst du mir bitte Francesco.«

Und Anna übergab Francesco den Hörer.

Lakshmi klang jetzt sehr besorgt.

»Francesco, kannst du dir vorstellen, wo Andreas ist?«

Sie erzählte die Geschichte noch einmal, doch auch er wusste nicht mehr als Anna.

»Es ist nicht die Art von Andreas, für Stunden, ja fast einen ganzen Tag zu verschwinden, ich mache mir solche Sorgen. Lass dir vor Anna nichts anmerken. Sowie du etwas weißt, ruf mich an und bitte lass auch dein Handy eingeschaltet.«

Francesco schaute auf die Uhr, es war neun.

»Ja, Lakshmi, ich kümmere mich um Anna und hole mein Handy.«

Anna spürte, dass sich in ihre Sorge um Andreas auch Wut mischte. Sie war zornig auf ihren Einzigen. »Was soll schon sein«, sagte sie kühl. »Vielleicht hat er einen Ausflug gemacht. Er hält es nicht für nötig, mit mir zu sprechen.«

An dieser Reaktion wurde ihr bewusst, wie sehr sein Verhalten sie verletzt hatte.

»Er weigert sich immer hartnäckig, ein Handy zu besitzen, das hat er nun davon, jetzt kann man ihn nicht einmal erreichen.«

Doch auch ein Handy hätte Andreas nichts genützt, weil seine Hände noch immer gefesselt waren.

Außerdem hätten die Burschen es ihm bestimmt abgenommen.

Andreas dachte, es müsste Lakshmi auffallen, dass er fehle, und bestimmt würden sie anfangen, nach ihm zu suchen. Nur wie sollte sie auf die Idee kommen, dass er irgendwo in den Bergen zu finden sei?

Er versuchte, seine Gedanken, seine ganze Konzentra-

tion auf Lakshmi und Anna zu richten und eine Gedankenverbindung herzustellen. Lakshmi war jedoch viel zu aufgeregt, um etwas zu empfangen, und Anna zu wütend.
Er spürte, dass es einfach nicht funktionierte. Er hatte mit einem Tiger Gedanken ausgetauscht und mit seiner Geliebten, seiner zukünftigen Frau, gelang es ihm nicht.
Na, Mutter, wenn ich dein Einziger bin, warum spürst du jetzt nicht, dass dein Einziger in Gefahr ist?
Wo mag der Tiger sein? Ihn überfiel plötzlich eine furchtbare Angst.
Kurze Zeit später knackte es in den Zweigen und der kleine Buddha erschien.
»Gott sei Dank, dass du wieder da bist. Ohne dich, ich gebe es zu, war die Situation unerträglich. Es war jämmerlich um mich bestellt.«
»Sei nur ganz ruhig«, erwiderte der Tiger, »ich habe meiner Mutter von unserer Begegnung erzählt, sie wollte erst nicht glauben, dass es möglich ist, dass wir beide uns verstehen. Sie versprach mir, uns zu schützen, weil es wichtig ist, dass unser Gespräch im Erdenbuch aufgezeichnet wird. Wenn es erst einmal ein Mensch und ein Tiger miteinander versucht haben, ist die Möglichkeit gegeben, dass auch andere Lebewesen miteinander kommunizieren. So drückte sich meine Mutter aus. Wenn meine Geschwister schlafen, besucht sie uns beide. Sie meinte: ›Mein kleiner Bud-

dha, vielleicht hat es doch etwas genützt, dass du immer unter dem Bodhibaum herumgelegen bist, um erleuchtet zu werden wie Buddha.‹ Ja, so klug ist meine Mutter«, sagte er stolz. »Wie ist deine Mutter, Andreas?«

Der Tiger legte sich wieder gemütlich hin. Nur seine Augen waren ganz wach und aufmerksam auf Andreas gerichtet.

»Weißt du, dass du Augen hast wie goldener, griechischer Honig? So schöne, unschuldige Augen habe ich noch nie bei einem Menschen gesehen. Nun, wie ist deine Mutter?«, beharrte der Tiger.

Irgendetwas knackte in der Nähe, doch der Tiger behielt Andreas' Augen fest in seiner Konzentration.

»Nun sag schon, liebst du sie?«

»Ja, wir beide haben lange allein zusammengelebt und gemeinsam einen großen Hof mit Obstbäumen und Christbäumen aufgebaut.«

»Ich denke, du bist Heiler«, unterbrach ihn der Tiger. »Und ich habe gefragt, liebst du deine Mutter, nicht, was ihr zusammen aufgebaut habt.«

»Weißt du, kleiner Buddha, Mutter und ich sind in einer schwierigen Situation. Sie nennt mich ihren Einzigen. Ich möchte in vier Tagen heiraten. Ich weiß, dass ich ihr damit einen großen Schmerz zufüge, weil ihr Einziger dann eine andere Frau hat, und ich will mit meiner Frau leben, nicht mit meiner Mutter. Verstehst du das?«

Der Tiger schüttelte den Kopf: »Das verstehe ich nicht, warum könnt ihr nicht zu dritt leben?«
»Da, siehst du, genau da liegt das Problem. Du weißt vielleicht, wie in Indien die Frauen unter den Schwiegermüttern gelitten haben. Meine Frau möchte keine Schwiegermutter im Haus.«
»Hm, das verstehe ich. Und was ist das Problem deiner Mutter?«
»Dass sie denkt, ohne sie gehe es nicht. Weder meine Praxis noch der Hof, noch der Haushalt, nicht mal die Hunde würden anständig versorgt.«
»Hast du nicht mit ihr darüber gesprochen, Andreas?«
»Das ist eben mein Problem, ich getraue mich nicht. Ich habe Angst, ihr wehzutun, und gehe ihr aus dem Weg.«
»O je, da bist du wirklich in einer schwierigen Situation. Ich frage dich noch einmal mein Freund: Liebst du deine Mutter, was ist sie für eine Frau?«
»Du großer, lieber Freund, meine Mutter ist ein aufrichtiger, klarer, hilfsbereiter, unabhängiger, spiritueller Mensch. Immer bereit zu dienen, zu verstehen, aber sie kann auch ungerecht und zornig sein. Sie glaubt, alles beurteilen zu müssen. Ich habe sie, so wie sie ist, sehr lieb. Dennoch muss mir erlaubt sein, nach vierzig Jahren mit einer Frau zu leben und nicht mit meiner Mutter.«
»Was, du bist schon vierzig Jahre alt, da bist du bald

ein alter Mann. Du musst dich wirklich beeilen, dein Leben zu leben.«

In der Dunkelheit sah Andreas auf einmal vier Augen auf sich gerichtet.

»Ich sehe jetzt vier Augen, habe ich vielleicht Halluzinationen oder bist du nicht mehr allein?«

»Meine Mutter ist da, sie wollte unserem Gespräch zuhören.«

Andreas grüßte sie höflich mit einem Kopfnicken.

»Es ist mir eine Ehre und Freude, die Mutter vom kleinen Buddha kennen zu lernen.«

»Aurora«, hörte Andreas.

»Aurora?«, fragte er zögernd, »Sie heißen Aurora?«

»Ja, erstaunt Sie das? Aurora, wie die Göttin der Morgenröte. Wir geben uns gerne schöne Namen.«

Ihre Stimme klang voll wie eine Bratsche.

»Wir leben mit den Gestirnen, dem Mond und der Sonne. Wir hören noch den Klang des Kosmos, die Symphonie des Sonnenaufgangs, manchmal vernehmen wir die Melodie eines Sterns oder den Ton der Morgenröte, verwundert Sie das?«

»Eigentlich nicht, Aurora. Im tiefsten Innern habe ich immer gewusst, dass es einen Klang, eine Melodie des Universums geben muss, und mir sehnlichst gewünscht, ihn zu hören. Außer einem eigenartigen hohen Singen in meinen Ohren hörte ich jedoch nichts.«

»Ja, das ist auch traurig, dass ihr den warmen, mütterlichen, zärtlichen Ton unserer Mutter Erde nicht

hören könnt. Ihr lebt in Häusern aus Beton, ihr schlaft in Betten, die zu hoch über der Erde sind, nur die Armen legen ihren Körper auf der Erde schlafen, aber auch sie hören der Erde nicht mehr zu. Sie fühlen sich bestraft, weil sie nicht in einem Bett liegen können. Mutter Erde ist darüber sehr traurig, dass sie mit den Menschen nicht mehr sprechen kann, nur noch mit uns Tieren. Junger Freund, versuche mit deiner Frau so oft wie möglich auf der Erde zu schlafen unter freiem Himmel und ihr werdet sehen, dass jedes Wesen, alles, was lebt, mich euch spricht. Bevor ich euch beide wieder allein lasse, rate ich dir, sprich mit deiner Mutter ganz offen und ehrlich. Bedanke dich bei ihr und gib sie frei. Sie wird das akzeptieren und sogar verstehen. Möge dein Leben gesegnet sein.«
Damit entließen ihn die Augen der Mutter des kleinen Buddha. Es knackte in den Zweigen und Aurora verschwand.
Als Aurora gegangen war, fühlte Andreas einen Schmerz, eine Traurigkeit, als ob ihn etwas verließ, was er noch nie in seinem Leben empfunden hatte, auch nicht mehr empfinden würde. Die Stimme Auroras war so voller mütterlicher Güte und Zärtlichkeit. Er fühlte sich im Wohllaut ihrer Stimme geborgen, in Liebe eingehüllt, wie er es nie bei seiner Mutter und auch nicht bei Lakshmi gefühlt hatte.
Dieses Empfinden musste Liebe sein, die Liebe, die er immer gesucht und nie gefunden hatte.

Haben Tiere eine andere umfassendere Art zu lieben? Andreas fühlte jetzt wieder den Schmerz in seinen Handgelenken, in seinen Schultern und wurde sich seiner Lage bewusst.
Der kleine Buddha beobachtete Andreas liebevoll. Dieser brauchte eine Weile, um sich zu fassen und nicht zu weinen.
Nach einer großen Stille zwischen den beiden fragte Andreas: »Was hat deine Mutter für eine geheimnisvolle Kraft?«
Worauf der kleine Buddha nur antwortete: »Die Liebe.«
Dann wieder nach einer Weile des Einverständnisses zwischen den beiden: »Du solltest versuchen, ein bisschen zu schlafen, es wird bald wieder hell. Ich bin bei dir, mein Freund, habe nur Vertrauen.«

Draupati und Krishna hielten in ihrem Haus am Telefon Wache.
Lakshmi war zu ihrer Großmutter geeilt, die in schwierigen Situationen Ahnungen, Gesichte, hatte und immer helfen konnte. So hart diese Frau durch das Leben geworden war, ihre Enkelin bedeutete ihr alles.
Sie musste die Erfüllung in der Liebe finden, die ihrer ganzen Familie verwehrt gewesen war. In ihr wollte die Großmutter alles vollendet wissen, was sie selbst nie erfahren durfte.
Kali nahm Lakshmi in den Arm, fuhr ihrer Enkelin be-

ruhigend übers Haar: »Mein Liebling, es wird bestimmt alles wieder gut. Geh du nach Hause und bete für ihn. Halte Andreas ganz fest in deiner Konzentration, mein Kind, und ich werde das Meinige tun, um etwas über ihn herauszufinden, was uns hilft.«
Sie nahm Lakshmis Hand, schloss die Augen und versank in tiefe Meditation. Nach einer Weile sah sie ihre Enkelin liebevoll an: »Er lebt, aber er ist in Gefahr. Ich rufe euch an, sowie ich etwas sehe oder weiß. Verständigt vorläufig noch keine Polizei, es ist zu früh. Verliere nicht den Mut, du bekommst deinen Freund bestimmt wieder.«
Etwas beruhigt eilte Lakshmi wieder zu ihren Eltern. Das Warten und das Nichtstun fiel ihnen allen schwer. Wollte man für Andreas ein Lösegeld erpressen, so müsste ein Anruf kommen. Die Familie hielt die ganze Nacht neben dem Telefon Wache. Lakshmi betete in ihrem Zimmer inständig zu allen indischen Göttern und Göttinnen um Hilfe für Andreas, besonders zu ihrer Namensgeberin Lakshmi, der Göttin der Fülle und Liebe, damit die Fülle und Liebe nicht aus ihrem Leben genommen werde.

Francesco und Anna hatten sich mittlerweile in ihrem gemeinsamen Salon zurückgezogen.
Für Anna war die Situation doppelt schwer, weil sie nichts tun konnte. Sie war mit Francesco stundenlang in einer Riksha in ganz Udaipur herumgefahren. Sie

hatte jede Ecke ausgespäht, ob ihr Junge vielleicht irgendwo verletzt liegen würde – aber sie fanden keine Spur. Staubig und ermüdet kehrten die zwei wieder zurück. Anna bat Francesco, noch eine Weile bei ihr zu bleiben.

»Es ist unmöglich für mich zu schlafen. Wenn Sie wüssten, Francesco, was mir mein Sohn bedeutet. Ich habe in meinem Leben an nichts anderes gedacht als an Andreas. Mein Andreas und immer dafür gesorgt, dass es ihm gut geht, dass er alle seine Träume erfüllen konnte. Erst studierte er Biologie, dann wünschte er sich noch ein Sportstudium dazu. Er hat alles mit Auszeichnung bestanden, aber eines Tages wollte er doch lieber Arzt werden. Ich war natürlich einverstanden. Dann studiere Medizin, habe ich ihm gesagt, doch er wollte Therapeut werden. Er hat auch diese Ausbildung mit Auszeichnung bestanden und immer hat er auf dem Hof gearbeitet und nebenbei noch gelernt, das alte Haus eigenhändig wieder aufgebaut, obwohl wir den modernen Bungalow hatten. Verstehen Sie, Francesco, so ein Kind gibt es nicht mehr auf der ganzen Welt. Jetzt muss ich mich damit abfinden, dass er eine Frau liebt und ich in seinem Leben keinen Platz mehr habe – schwer genug für mich. Und jetzt verschwindet der Junge ganz und gar. Das ist zu viel für mich.«

Anna fing bitterlich an zu weinen.

Francesco fühlte, was es für diese Frau bedeutete, dass

sie sich vor ihm so hemmungslos öffnete und von ihrem Schmerz überrollt wurde.
Nur alles raus, dachte er. Weine alles weg, dann hast du es leichter.
Es dauerte, bis Anna endlich ihre Fassung wiedergewann.
Sie saßen eine Weile in vollkommener Stille nebeneinander.
Anna sah Francesco an: »Danke für Ihr Verständnis, es tut mir Leid, dass ich mich so habe gehen lassen, und wenn Sie auch nicht schlafen können, bleiben wir einfach noch ein bisschen in unserem Salon.«
Anna hatte offenbar ihren Humor wieder gefunden.
Sie setzten sich auf die große breite Fensterbank mit den vielen Kissen und schauten in die Nacht, zu den Sternen, denselben Sternen, die auch über ihrem Sohn leuchteten.
Francesco erzählte aus seinem Leben, von der Krankheit seiner Frau und wie schwer für ihn der Verlust gewesen war, als sie starb. Das Alleinsein hatte er schmerzvoll erst wieder lernen müssen.
»Es war, als ob man mir die Luft zum Atmen genommen hätte. In dieser Zeit haben mir meine Kinder am meisten geholfen. Aber wenn ich in Florenz geblieben wäre, in derselben Stadt mit den gleichen Menschen, die uns während unserer Ehe umgeben haben, hätte ich es vielleicht nicht geschafft. Mein Entschluss, Florenz zu verlassen und in Indien neu anzufangen, hat

mir einen völlig neuen Impuls, einen Auftrieb gegeben. Ich hatte wieder Lust am Leben und meine Neugierde, was in meinem Leben noch möglich wäre, war wieder geweckt. Das konnte doch nicht alles gewesen sein ...«

Anna musste an ein paar Zeilen ihres Lieblingsgedichtes »Stufen« von Hermann Hesse denken und sprach leise vor sich hin: »Es muss das Herz bei jedem Lebensrufe bereit zum Abschied sein und Neubeginne, um sich in Tapferkeit und ohne Trauern in andere, neue Bindungen zu geben. Und jedem Anfang wohnt ein Zauber inne, der uns beschützt und der uns hilft zu leben.«

Sollte es wirklich so sein, dachte Anna? Sie schaute Francesco zum ersten Mal richtig an, während er sprach. Er hatte ein gutes Gesicht. Braune, warme, etwas tief liegende Augen, buschige Augenbrauen, eine markante Nase und ziemlich gut gezeichnete, sinnliche Lippen. Mit diesem ausdrucksvollen Kopf müsste er eigentlich größer sein ...

In dieser Nacht entstand zwischen diesen beiden Menschen eine innere Nähe.

Irgendwann waren sie, halb sitzend, halb liegend, eingeschlafen.

So verging die Nacht, bis die Morgensonne wieder ihren Tanz über dem See vollführte, und als im Palast alle Fenster golden aufleuchteten, wachten die beiden auf.

Mitten in der Nacht hatte die Großmutter Kali eine Erleuchtung. Sie hatte immer wieder darüber nachgedacht, wem Andreas im Wege war, wen sein Dasein in Indien störte. Sein Verschwinden hing ja offensichtlich mit seiner Verbindung zu Lakshmi zusammen. Raman, der frühere Verlobte ihrer Enkeltochter, erschien immer wieder vor ihrem inneren Auge und ebenso sah sie einen dichten Wald. Sie versuchte, diese beiden Bilder zu verstehen und zu deuten. Natürlich – es war Raman! Er hatte Andreas wahrscheinlich in einen Wald geführt, wo Tiger und Schlangen leben, und ihn einem Gottesgericht unterstellt.

Sie konnte die Gedankengänge des verwöhnten Jungen nachvollziehen.

Als sie sich dessen sicher war, nahm sie ihren kleinen Revolver und ließ sich von ihrem Diener zum Haus der Familie dieses jungen Mannes fahren. Es war vier Uhr morgens.

Sie klingelte rigoros so lange, bis ein Diener aus dem Haus kam. Sie verlangte, Ramans Vater zu sprechen.

Dieser kam im Schlafrock und war nicht gerade erfreut über die Störung.

Kali erklärte ihm die Sachlage und dass sie unbedingt, auch um diese ungewöhnliche Zeit, seinen Sohn sprechen müsse.

Der verblüffte Vater führte sie zu Raman.

Wie eine Rachegöttin stürmte sie in das Zimmer des

jungen Mannes und befahl: »Raman, wach auf – wach auf, steh sofort auf – sofort!«
Schlaftrunken wankte der junge Mann aus seinem Bett, zog einen Morgenmantel an und stand respektvoll vor der alten Dame. Sie richtete ihren kleinen Revolver auf ihn und fragte: »Was hast du mit Andreas Wegheimer gemacht? Wohin hast du ihn gebracht? Lüge nicht, sonst schieße ich dir in deine nichtsnutzigen Beine.«
Dem jungen Mann war klar, dass diese Frau früher mit den Männern auf Tigerjagd gewesen war, und die Einzige, die getroffen hatte, war sie gewesen.
»Was hast du dir dabei gedacht? Ich kann deine unreinen Gedanken genau nachvollziehen. Sich raushalten, Gott soll für dich richten, damit das Karma nicht belastet wird. Du Idiot, auch so hast du dein Karma belastet. Sag jetzt, wo du ihn hingebracht hast.«
Die alte Dame schoss kurz vor seine Füße.
»Rede!«
Zitternd gestand der junge Mann: »Da, wo ihr früher mit der Tigerjagd begonnen habt, im Wald in der Nähe von Ranakpur, über dem Fluss, die kleine Straße hoch, wo man mit dem Auto noch halten kann. Da oben haben wir ihn an einem Baum festgebunden.«
»Du Idiot, du bist ja wahnsinnig!«
Und noch einmal schoss sie vor seine Füße.
»Das ist Mord. Du bleibst in deinem Zimmer und

rührst dich nicht von der Stelle. Und wehe, Andreas ist etwas passiert.«
Damit rauschte die alte Dame aus dem Zimmer, schloss von außen die Tür ab, an welcher der schlotternde Vater von Raman stand.
»Sie haben doch meinen Sohn nicht erschossen?«
»Ach Quatsch, es war ein Warnschuss. Geben Sie mir ein Telefon!«, befahl sie in kurzen Sätzen.
Sie rief ihren Sohn Krishna an und erläuterte ihm die Sachlage. Jeder, der früher auf Tigerjagd gegangen war, kannte die Stelle. Sie befahl Krishna: »Du nimmst Jäger mit, fahrt, so schnell ihr könnt, und erlöst den armen Jungen.«
Es war inzwischen halb fünf Uhr früh.
Erschöpft setzte sich Kali in einen Sessel und beruhigte den verunsicherten, ängstlichen Vater.
»Wir haben noch keine Polizei eingeschaltet. Was ihr Sohn da gemacht hat, ist Mord, ist Ihnen das klar, eiskalter Mord. Da oben gibt es Kobras und Tiger. Wenn Andreas nichts passiert ist, dann wird die Angelegenheit zwischen unseren Familien bleiben. Sonst wird man sehen. Lassen Sie Ihren Sohn im Zimmer. Haben Sie noch einen Schlüssel? Wenn ja, möchte ich ihn haben. Wenigstens über seine Tat nachdenken sollte dieser Held.«
»Es ist bestimmt kein anderer Schlüssel da«, beteuerte der Vater.
»Gut, dann behalte ich den.«

Wie eine Trophäe schwenkte sie den Schlüssel und verließ das Haus.
Sie fuhr mit ihrem Diener zum Haus ihres Sohnes, da stand schon der Jeep und Krishna war fahrbereit, die Jäger zu holen.
»Gut so, mein Junge, viel Glück.«
»Danke dir, Mutter!«
Um fünf Uhr früh fuhr der Jeep in Richtung Ranakpur. Die alte Dame ging ins Haus ihres Sohnes und fand Lakshmi betend in ihrem Zimmer. Sie nahm sie liebevoll in den Arm und erzählte ihr die Geschichte.
Lakshmi weinte: »Aber warum hat Vater mich nicht mitgenommen?«
»Das ist nichts für Mädchen«, tröstete die Großmutter sie.
»Er ruft uns an, wenn sie ihn gefunden haben.« Sie hatte immer noch die Schlüssel und den Revolver in der Hand.
»Ich musste diesem Schwachkopf vor die Füße schießen, damit er redete.«
Sie sank in den Sessel.
»Weck mich, wenn sie anrufen. Ich habe heute Nacht kein Auge zugetan.«

In Ranakpur überflutete die erste Morgenröte den Himmel.
Wenn ich doch ihre Melodie hören könnte, wie Aurora, wünschte sich Andreas.

Der Tiger lag mit offenen Augen auf der Erde und schaute Andreas unverwandt an. »Atme ganz tief und nimm die Feuchtigkeit aus der Luft auf. Lass die Luft und das Licht, was du vielleicht nicht siehst, durch den Körper fließen. Das ganze Universum ist in gleißendes Licht eingehüllt. Meine Mutter erklärte uns, dass der große Geist seine Liebesenergie auf uns regnen lässt. Dieses Licht ist die höchste Nahrung für alle Wesen, aber sie wissen es nicht.«
Andreas versuchte, dieses Licht, das er nicht sah, einzuatmen. Seine Beine waren taub, seine Schultern wie ausgerenkt und seine Lippen trocken, doch er fühlte sich besser.
Er bemühte sich, dieses Licht zu sehen, das er einatmete. Er schloss halb seine Augen und im Zustand seiner Erschöpfung blickte er in die Weite und sah unendlich viele Lichttropfen, die den ganzen Himmel erfüllten. Es schien so, als ob sie auf die Erde herabregneten, wie Aurora den kleinen Buddha gelehrt hatte. Die Morgensonne spiegelte sich in diesem Lichtermeer und der ganze Himmel schien erfüllt von Diamanten.
»Das ist ja unglaublich, das habe ich noch nie gesehen! Ich sehe das Licht, kleiner Buddha – überall ist Licht – das ganze Universum leuchtet – ich bin total überwältigt!«
Als er den Kopf nach rechts drehte, sah er nicht nur das Licht, er sah auch eine große Kobra, die tot am Boden lag.

Fragend blickte Andreas den Tiger an. Der nickte: »Ja, mein Freund, ich musste sie töten, was nicht so einfach war. Gott sei Dank hast du geschlafen und nichts bemerkt.«
»Du hast mir schon zweimal das Leben gerettet. Wie soll ich dir danken, kleiner Buddha?«
»Denke an unser Gespräch, vergiss nicht, was du hier erlebt hast. Erziehe deine Kinder in der Gewissheit, dass der große Geist mit dem Licht, das du heute gesehen hast, alles durchströmt. Alles ist miteinander verwoben und verbunden. Hört auf die Geschichten, die die Mutter Erde euch erzählt.«
Der kleine Buddha reckte sich. »Die Kinder kommen mit ihren Ziegen.«
Andreas erschrak: »So plötzlich müssen wir Abschied nehmen?«
»Rufe um Hilfe, ich bleibe in deiner Nähe, bis sie dich befreit haben. Mich dürfen sie nicht sehen, sonst helfen sie dir nicht vor Angst. Lebe wohl, mein Menschenfreund.«
»Lebe wohl, mein Tigerfreund.«
Der kleine Buddha sprang ins Gebüsch.

Andreas hörte das Getrappel von vielen Ziegen auf dem Weg. Er rief laut um Hilfe, so viel Indisch konnte er, dass er den Kindern keine Angst machte.
Er schrie, bis ein kleiner Junge im weißen indischen Panjabi mit einem roten Käppchen auf seinem Kopf

vor ihm stand und ihn mit offenem Mund anstarrte.
Andreas fragte: »Hast du ein Messer?«
Der Junge griff an seinen Gürtel, an dem eine kleine Tasche hing und ein dolchartiges Messer in einer verzierten Silberscheide.
»Schneidest du mich frei?«
Blitzschnell nahm der Kleine den Dolch, schnitt zuerst klugerweise die Hände frei und dann die Fesseln um die Füße und den Bauch.
Andreas fiel langsam in sich zusammen und konnte erst einmal nicht mehr aufstehen. Der Junge rief etwas. Eine kleine, hübsche Inderin, vielleicht sechs Jahre alt, in bunte Fetzen gehüllt, erschien mit einem Blechbecher voller Ziegenmilch und sagte: »Trink, du armer Mann.«
Andreas trank langsam die noch warme Milch. Dann half ihm der Junge aufzustehen und nahm den Strick von den Füßen, mit dem Andreas an den Baum gebunden war, an sich. Den Strick von den Händen ließ er liegen.
Die beiden Kinder führten Andreas, der immer wieder in sich zusammensackte, langsam auf den nahen Weg zu ihrer Herde.
Der Junge band den Strick um den Hals seines Esels und bedeutete Andreas mit einer Geste aufzusteigen. Sie hatten es offenbar eilig, aus dem Wald hinauszukommen.

Andreas setzte sich mit Hilfe der beiden auf den Esel, der das gar nicht gerne hatte und störrische Bocksprünge vollführte.
Doch Andreas hatte wildere Pferde als diesen Esel in den Griff bekommen. Nach beruhigenden Worten und sanftem Streicheln ging der Esel, sich über sich selbst wundernd, friedlich mit diesem fremden Menschen den Weg nach unten.
Ab und zu hörte Andreas ein Geräusch im Wald und spürte, dass der kleine Buddha sie begleitete.
Danke, du wundervoller Freund, ich werde dich nie vergessen, sandte ihm Andreas einen letzten Gruß.
So kamen sie an die Brücke, überquerten den Fluss und eine Straße.
»Ich bringe dich zum Tempel von Ranakpur – Tempel – verstehst du?«
»Ja, das ist klug, danke.«
Der Junge ließ seine Schwester mit den Ziegen an einem geschützten Platz zurück und führte den Esel mit Andreas auf einen großen Parkplatz unterhalb eines riesigen Tempels mit vielen Kuppeln und Türmchen, umgeben von Wald.
Das war also der berühmte Jain-Tempel von Ranakpur, von dem Lakshmi ihm erzählt hatte.
Der Junge band den Esel mit dem neuen Strick stolz an einen Baum zwischen den parkenden Autos und half Andreas abzusteigen. Dieser erinnerte sich, dass er noch indisches Geld in seiner Hosentasche haben

müsste, das er dankbar dem Jungen überreichte, der es sorgfältig in seiner Tasche verstaute.

Nachdem sie ihre Schuhe ausgezogen hatten, brachte der Junge ihn barfuß die vielen Treppen hoch in den Tempel. Atemlos stand Andreas in diesem Wald aus weißen, geschnitzten Marmorsäulen, überwältigt von so viel Schönheit.

Ein warmes Licht durchflutete den Tempel, der nach allen Himmelsrichtungen offen war.

Diese herrlich geschnitzten Säulen mündeten jeweils in eine Kuppel, ebenfalls aus geschnitztem Marmor. Andreas hatte etwas derartig Kostbares, unvorstellbar Anmutiges noch nie gesehen und sank demütig in die Knie.

Der Junge kam mit einem gut aussehenden Mann im gelben Umhang und roter Hose wieder, der sich als Oberpriester vorstellte.

»Sprichst du Englisch, Französisch?«, fragte er Andreas.

»Englisch.«

»Der Junge hat mir erzählt, wo er dich gefunden hat und unter welchen Umständen, wie kann ich dir helfen?«

»Haben Sie ein Telefon hier im Tempel? Darf ich telefonieren?«, fragte Andreas.

»Natürlich haben wir ein Telefon.«

Der Priester führte ihn in einen kleinen Raum mit einer Liege, einem Tisch und einem Telefon.

»Mein Büro sozusagen.«
Andreas bedankte sich und rief überglücklich Lakshmi an.
Er berichtete ihr von seinen Erlebnissen, die ihn so in seinen Grundfesten erschüttert hatten, und wie dankbar er über seine Rettung war.
Andreas bat sie, wenn es möglich wäre, ihn mit seiner Mutter im Tempel von Ranakpur abzuholen.
»Oh, ich danke Gott, dass du lebst. Ich muss meinen Vater sofort anrufen, sie suchen dich im Wald von Ranakpur.«
Der Priester bot ihm an, sich zu duschen, er brachte ihm ein Tuch für die Hüften, welches viele Inder als Bekleidung tragen.
»Ihre Sachen packen wir in eine Tüte. Bis Ihre Familie Sie abholt, ruhen Sie sich in meinem Zimmer aus.«
Und der Priester ließ Andreas allein.
Als er sich auf der Liege ausstreckte, bedankte er sich noch einmal beim kleinen Buddha und schlief ein.

Wandlung

Krishna und seine Freunde hatten Andreas vielleicht um eine halbe Stunde verfehlt. Als sie bei dem Baum ankamen, fanden sie keinen Andreas, nur den Strick, der da noch lag, aber auch kein Blut. Wo war Andreas?

Der kleine Buddha lag wieder an der Stelle, wo er mit seinem Freund gesprochen hatte, und schlief.

Durch die Geräusche wurde er geweckt, sah die Männer und dachte: Die haben gar keine schöne Aura. Er erhob sich, zögerte kurz, bevor er davonspringen wollte, und ein Jäger schoss.

Erstaunt schaute der kleine Buddha auf die Männer und verstand nicht, was ihm da geschah.

Seine leuchtenden Augen erloschen und dieser herrliche Körper fiel leblos zur Erde.

Nach diesem Schuss hörten die Männer einen markerschütternden Schrei.

Aurora wusste, was ihrem Sohn geschah ...

In diesem Moment rief Lakshmi ihren Vater an.
»Stell dir vor, Andreas ist gerettet. Er befindet sich im Tempel von Ranakpur.«
Krishna bat Lakshmi, einen Moment zu warten. Er informierte seine Freunde.
Der Jäger meinte: »Wenn Andreas in Sicherheit ist, lassen wir uns das Fell des Tigers nicht entgehen; es ist zu schön.«
Krishna ging deshalb bereitwillig auf Lakshmis Wunsch ein, Andreas selbst abzuholen und auch Anna mitzunehmen, so wie Andreas es sich gewünscht hatte.
»Gut so, meine Tochter, so soll es geschehen.«
Nach dem Häuten des Tigers konnten sie Andreas keinesfalls im Tempel abholen, weil ihre Kleider voll mit Blut wären und sie den Tempel so nicht betreten dürften, besonders nicht einen Tempel der Jain, die alles Leben schützten.
Die drei Männer deckten nach getaner Arbeit den Körper des Tigers mit Zweigen zu. Sie waren gezwungen, die Spuren zu verwischen, weil es in Indien nicht erlaubt war, Tiger zu schießen, und schon gar nicht, wenn er sie nicht einmal angegriffen hatte.
Sie fuhren mit dem Fell des Tigers und ihrem schlechten Gewissen zurück nach Udaipur.
Merkwürdig, dachte Krishna auf dem Weg. Dann sprach er seine Gedanken laut aus: »Der Tiger lag bei dem Baum, an den Andreas gefesselt war. Was hat der Tiger da gemacht? Ihr habt doch die tote Kobra gese-

hen. Anscheinend hat der Tiger sie getötet und ist dann eingeschlafen. Vielleicht hättest du nicht so schnell schießen sollen.«
»Ja, Krishna, dann hättest du keinen Jäger mitnehmen dürfen. In jedem Fall haben wir ein schönes Fell.«
Krishna schwieg, dachte an seine Tochter und die Hochzeit. Wenigstens konnte diese stattfinden. Lakshmi wird glücklich sein, ihren Freund wiederzuhaben.
»Alles ist richtig, so wie es ist«, sagte er laut.

Lakshmi hatte ein großes Auto gemietet und stand damit vor dem Palast des Maharadschas, um Anna abzuholen.
Anna und Francesco kamen freudestrahlend auf sie zu. Anna schlang die Arme um Lakshmi, herzlich und liebevoll sprudelte sie heraus: »Ich freue mich so für dich, dass Andreas wieder da ist, und mir fiel auch ein Stein vom Herzen.«
»Ihr dürft mich jetzt nicht ausschließen, ich komme mit nach Ranakpur.«
Francesco bestand darauf.
»Außerdem habe ich den Tempel noch nie gesehen.«
»Aber natürlich, Francesco, erwiderte Lakshmi lachend, »ohne dich geht gar nichts mehr.«
Insgeheim dachte sie, gut so, dann bin ich mit meiner Schwiegermutter nicht allein. Sie hatte den Weg zu Anna noch nicht gefunden und immerhin würden sie dreieinhalb Stunden zusammen unterwegs sein.

Francesco war ein wundervoller Blitzableiter.
Sie stiegen ein und der Fahrer fuhr los. Lakshmi saß vorn und die beiden Alten saßen hinten. So musste Lakshmi auch gar nicht mit Anna sprechen.
Aber Anna fragte natürlich: »Was ist eigentlich geschehen und warum ist Andreas in einem Tempel so weit weg?«
Jetzt musste Lakshmi die Geschichte ihrer Großmutter erzählen, nämlich dass diese so eine Art Intuition gehabt hatte. Vielleicht war Kali sogar hellsichtig, vorsichtig ausgedrückt.
»Sie hat meinen früheren Freund aus dem Bett geholt, als er die Entführung nicht gestehen wollte, hat sie ihm kurz entschlossen vor seine Füße geschossen. Vater ist mit zwei Jägern heute früh um fünf Uhr dahin gefahren, aber kurz nach acht Uhr hat mich Andreas schon aus dem Tempel angerufen, dass wir ihn abholen sollen, mehr weiß ich auch nicht. Ich weiß auch nicht, wie er gerettet wurde, es ist wirklich ein Wunder.«
Francesco lachte: »Ich stelle mir die Herrscherin, deine Großmutter, sehr furchteinflößend vor, wie sie den jungen Mann zur Räson gebracht hat.«
»Ja«, erwiderte Lakshmi, »und sie besteht darauf, dass Andreas sich eine Strafe für ihn ausdenkt, sonst tut sie das und das wäre hart für Raman.«
Jetzt lachten sie alle, es war ein befreiendes Lachen nach dieser angsterfüllten Nacht. Damit drehte sich Lakshmi wieder nach vorn.

»Bitte entschuldigt mich, ich möchte noch ein bisschen schlafen.«
Francesco meinte leise zu Anna: »Sie hätten gewiss genauso gehandelt.«
»Ja, schon, aber ich habe keinen Revolver und schießen kann ich auch nicht.«
Francesco fragte Anna, ob sie etwas über die Bedeutung des Jain-Tempels wisse, zu dem sie gerade auf dem Weg waren.
Anna schüttelte mit dem Kopf: »Ich habe keine Ahnung.«
Daraufhin sagte Francesco: »Der Gründer hieß Mahavira. Der Jainismus ist im sechsten Jahrhundert vor Christus entstanden. Mahavira war ein Zeitgenosse Buddhas und der Glaube der Jainas ist dem Buddhismus ein wenig ähnlich. Für sie ist das oberste Gebot, jedes lebende Wesen unter allen Umständen zu schützen. Sie haben fünf Gelübde. Keine Gewalt, absolute Wahrheit, nicht stehlen, Achtsamkeit in der Sexualität, keine Bindung an Dinge. So viel ich weiß, war Mahatma Gandhi vom Jainismus beeinflusst. Vier Prozent der indischen Bevölkerung leben nach diesen Glaubensidealen. Mehr weiß ich auch nicht.«
Francesco lehnte sich im Auto zurück und schloss seine Augen. Er gab damit zu verstehen, dass auch er nach dieser Nacht die Zeit im Auto nützen wollte, um ein bisschen zu schlafen.
Anna war durch die Ereignisse viel zu aufgewühlt und

nicht in der Lage, sich zu entspannen. Durch die Angst, den geliebten Sohn ganz zu verlieren, war sie eher bereit, Lakshmi zu akzeptieren.
Sie versuchte zu ergründen, was sie selbst gern tun würde – wo sie leben wollte und wie, für den Rest ihres Lebens.
Wegschmeißen würde sie dieses letzte Drittel auf keinen Fall. Sie überlegte, ob sie sich in Singen oder Konstanz eine Wohnung kaufen sollte. Der Bausparvertrag, den sie hatte, würde aber wahrscheinlich bei den heutigen Preisen dafür nicht ausreichen. Könnte sie eine Wohnung mieten?
Das war für Anna, die immer ein eigenes Reich gehabt hatte, unmöglich.
Würde sie das alles – es war ja nicht nur Andreas, es waren die Bäume, die Weite, die Hunde, die Hühner, die Felder, ihre Wohnung –, dieses große eigene Reich, das sie glaubte zu besitzen, loslassen können?
Sie hatte außer dem Bungalow alles ihrem Sohn überschrieben. Vielleicht war das zu voreilig gewesen.
Anna schaute aus dem Fenster, sie fuhren durch arme Dörfer. Fast jedes Haus war ein kleiner Laden und weit und breit wenig Bäume, nur verbrannte rote Erde mit vielen großen Steinen.
Der Verkehr war rasant, ab und zu hielt Anna sich die Hand vor die Augen, weil sie dachte, jetzt kracht es, aber es krachte nie.
Elegant wichen die Autos sich, den Kühen, den Zie-

gen, Hunden und allem, was da auf der Straße kreuchte und fleuchte, lebte, ging, fuhr und lag, aus.
Sie schaute zu Francesco. Er schlief tief. Lakshmis Kopf lag so locker auf der Seite, dass sie wohl auch eingeschlafen war.
Anna konnte nicht schlafen. Andreas, mein Einziger! Vierzig Jahre warst du der Inhalt meines Lebens und nun? Was nun?
Habe ich mich aufgegeben, muss ich mir dieses Abschieben gefallen lassen, bin ich nicht auch wer?
Auch wenn ich schon siebzig bin, kann ich neu anfangen, das wäre doch gelacht ... ein neues Leben!
Sie schaute wieder zu Francesco. Er hatte ja hier in Indien auch neu angefangen, nun, zumindest angeknüpft an seine frühere Tätigkeit.
Hier wäre es warm, schön ist es auch, etwas billiger als in Deutschland und eine Arbeit würde ich auch finden. In jedem Fall müsste es eine Aufgabe sein, die mir Freude macht.
Ich werde Francesco bitten, mir seine Wohnung zu zeigen, damit ich mir vorstellen kann, wie man hier lebt.
Einmal im Jahr würde ich dann schon gerne nach Hause fahren und bestimmt kommen Andreas und Lakshmi zweimal im Jahr hierher.
Sollten Enkelkinder kommen, werde ich sie natürlich selten sehen, das wäre schade für die Kinder – für mich.

Ganz behutsam dachte sich Anna auf dem Weg nach Ranakpur in ein neues Leben. Die dicken Stricke, die sie um ihren Sohn mit ihrer übergroßen Liebe gewoben hatte, fingen an, sich aufzulösen.

Sie kamen an den Rand eines Gebirges, es waren nur noch einzelne Häuser zu sehen.
Die trockene, rote Erde wurde abgelöst durch kleine Baumgruppen mit einem satten Grün. Hirten mit Ziegenherden begegneten ihnen, die am Rande der Straße entlangzogen. Anna wunderte sich über die Sauberkeit der hübschen weißen Hemden mit den bunten Gürteln, den roten Käppchen und roten Hosen.
Die Frauen in bunten Saris, mit viel Gold durchwirkt, gaben dem Bild etwas unwirklich Urzeithaftes, als wäre hier die Zeit stehen geblieben. Ob sie in diesen Saris auch arbeiten können, fragte sich Anna. Nun anscheinend taten sie es.
Sie fuhren immer höher hinauf, Serpentinen wie in der Schweiz. Und jetzt las Anna zum ersten Mal ein Schild am Straßenrand: »Beware of Tigers«.
Was, und hier in diesem Wald, wo die Gefahr bestand, einem Tiger zu begegnen, hatte man Andreas an einen Baum gefesselt?
Anna blieb einen Moment das Herz stehen – ach ja, er ist ja in einem Tempel, da wird wohl kein Tiger sein, beruhigte sie sich selbst.
Der Wald links und rechts wurde immer dichter. Die

Bäume sahen anders aus als daheim. Die Straße wurde schwieriger, da es immer nur aufwärts ging. Es war wildromantisch hier. Sie hätte nicht gedacht, dass es in Indien eine ähnliche Landschaft wie in der Schweiz gab.
Schade, dass Francesco schlief.
Die Sonne, die durch die Bäume leuchtete, gab dem Grün auf den Blättern einen satten Glanz. Zur linken Seite entdeckte sie einen rauschenden Wildbach wie in den Alpen.
Anna war begeistert.
So eine wilde Natur, keine Besiedelung, alles noch im Urzustand, nicht zugebaut. In Anna keimte ein Interesse für dieses Land auf, in dem es so viel Unvereinbares gab: Reichtum und Armut, Schönheit und unvorstellbare Hässlichkeiten. Die großen Pfründe Indiens sind das Wissen, das über Jahrtausende bewahrt wurde, ist der Glaube der Menschen an die Macht der Götter, die in dem Einen Großen verankert sind.
Sie waren auf einer Hochebene angekommen, fuhren an blühenden Bäumen, Bougainvillea mit tausenden von lila Blüten vorbei. Bei uns gibt es die nur als Sträucher, die im Winter erfrieren würden. Staunend betrachtete Anna diese hohen Bäume in ihrer violetten Pracht.
Dann kamen sie auf einem großen Parkplatz an.
Schlaftrunken stieg Francesco aus. Lakshmi sprang

schnell aus dem Auto, reckte sich und zog Anna am Arm.
»Kommt, ich kann es gar nicht erwarten, Andreas wieder zu sehen.«
Sie gingen schnell auf diesen riesigen Tempel zu, zogen ihre Schuhe aus, die sie zu den vielen anderen Schuhen stellten, und rannten die Treppen hoch.
Als sie den Tempel betraten, blieben alle drei staunend stehen. Ein goldenes Licht, das von allen vier Himmelsrichtungen in den Tempel einströmte, empfing sie und eine Vielzahl aus reich geschnitzten Marmorsäulen – immer wieder Säulen, die in einer Kuppel endeten, eine schöner als die andere.
Dass so etwas reich Verziertes aus Marmor überhaupt herzustellen ist! Anna hatte noch nie etwas Erhabeneres gesehen. Francesco stieß atemlos hervor: »Das ist ja unglaublich!«
Ein Herr kam auf sie zu. »Sie sind sicher die Mutter von Andreas, bitte kommen Sie.«
Er führte alle miteinander in den kleinen Raum, wo Andreas schlief. Er war noch etwas blass um seine schmale Nase und das Haar hing wie immer wirr um seinen Kopf. Der Priester sagte leise: »Seine Rettung ist ein Wunder, wirklich ein Wunder.«
Er nahm Anna und Francesco bei der Hand: »Kommen Sie, lassen wir die beiden allein.«
Stolz zeigte er den beiden diesen wunderbaren Tempel. Er vermittelte das Gefühl, als ob ihm alles gehöre,

und zeigte ihnen eine besondere Säule, in welcher der Kopf eines Mannes als Relief eingearbeitet war. »Dies ist mein Vorfahre. Wir sind seit vierhundert Jahren die Priester in diesem Tempel.«

Dann öffnete er eine alte, schwere Holztür zu einer übergroßen Buddhastatue.

»Dies ist unser Heiligtum. Wenn Sie wollen, können Sie hier allein beten.«

Anscheinend dachte er, Francesco sei der Vater.

Die beiden setzten sich auf den Boden und Anna dankte aus vollem Herzen, dass ihr Sohn lebte. Sie bat um Erkenntnis, ihren Weg zu finden, und möge Gott das neue Paar segnen.

Nach einer Weile holte der Priester sie ab und führte sie auf einen Rundgang im Tempel, hinter dem sich viele Nischen befanden, in denen jeweils ein Buddha stand. Sie setzten sich abseits von den vielen Menschen in eine geschützte Ecke auf den Marmorboden.

»Wollen Sie mit mir zusammen meditieren?«

Francesco erklärte ihm, dass er nicht der Vater sei, nur ein Freund. Der Priester ging darüber hinweg.

Er sah übrigens gut aus. Anna dachte, dieser Mann würde mir gefallen. Er hatte einen edlen Kopf, dunkles, dichtes, kurz geschnittenes Haar und leuchtende braune Augen. Seine Hautfarbe war wie Gold. Er hatte einen dunklen, gepflegten, kurzen Bart und das gelbe Tuch gab eine behaarte, männliche Brust frei. Nun, dieser gut aussehende Mann sang das OM mit einer

wohlklingenden Stimme, die seinen ganzen Körper wie ein Instrument erklingen ließ.
Es war offensichtlich, dass er für Anna betete. Sie verstand zwar nichts, aber die Worte drangen tief in sie ein. Sie fühlte sich in Wärme und Geborgenheit, in Geliebtsein aufgehoben. In einem Strom einer unbegreiflichen Energie, die durch ihr ganzes Dasein strömte. Noch nie in ihrem Leben hatte sie etwas Derartiges gespürt. Ist das Gott, dachte sie, ist das seine Liebe, die mich berührt?
Annas Tränen liefen, ohne dass sie sich dessen bewusst wurde. Sie wünschte, dieses Gebet möge nie aufhören, diese Energie möge sie nie wieder verlassen. Sie wollte in diesem Tempel, in dieser Ecke der Schönheit, sitzen bleiben bis ans Ende ihrer Tage. Es lösten sich in ihr uralte Strukturen, die Anna wie ein Kettenhemd umgeben hatten. Zentnerlasten fielen von ihren Schultern, die sie sich selbst auferlegt hatte.
Sie wurde sich bewusst, dass sie ihrem Einzigen vielleicht gar keine Liebe gegeben hatte. Er war ihr Ein und Alles, aber was war sie ihm? Die goldenen Stricke, die sie mit ihrer Liebe um Andreas gewoben hatte und die sie und ihn einengten und aneinander banden, zerfielen in nichts.
Ihr Besitzdenken, das sie über ihren Sohn gelegt hatte, löste sich auf. Sie gab ihn frei.
In diesem Moment spürte Anna, dass sie sich selbst die Freiheit gab.

Die Augen des Priesters waren mit einem Ausdruck bedingungsloser Liebe auf Anna gerichtet. Er beendete das Gebet mit drei klingenden Urtönen des OM und wartete, bis Anna wieder in die Wirklichkeit zurückkehrte.

Er nahm ihre Hand und unendlich gütig sagte er: »Alles ist gut, so, wie es ist. Wenn du nichts festhältst, alles loslässt, was dich belastet, wirst du das wirkliche Leben wieder spüren.«

Dann führte er Francesco und Anna zu einer silbernen Statue, die zum Dekorieren am Boden des Tempels lag und die von mehreren jungen Leuten mit Blumen geschmückt wurde.

»Das sind Kunststudenten aus Mumbai«, erklärte er, »die diese Statue des Buddhas jeden Tag neu dekorieren.«

Zu Anna gewandt, sprach er: »Wenn du Gott schmückst, schmückt er dich.«

In diesem Moment kamen Andreas und Lakshmi.

Andreas bat den Priester, ob sie sich in eine stille Ecke des Tempels setzen dürften, er würde ihnen allen gerne etwas erzählen. Daraufhin begaben sie sich in eine der lichtdurchfluteten Nischen und nahmen auf dem weißen Marmor Platz. Andreas erzählte ihnen nun, wie er an den Baum gefesselt wurde, der Tiger kam und stutzte, ihm aber nichts tat und sich ein Gedankengespräch mit diesem Wesen, das sich kleiner Buddha nannte, entwickelte.

Wie arm er sich vorkam angesichts der inneren Größe des Tieres. Er erzählte auch von der Schwingung der Liebe, die ihn durch Aurora, die Mutter des Tigers, erfasst hatte.

Er hatte nie zuvor eine solche Liebe erfahren.

»Mutter«, er wandte sich an Anna. »Die Mutter des Tigers hat mich gebeten, offen mit dir zu sein. Weißt du, ich möchte mit meiner zukünftigen Frau allein leben. Wir müssen die Erfordernisse, die auf uns zukommen, ohne deine Hilfe bewältigen, sonst können wir uns nicht entwickeln. Aurora meinte, du würdest es verstehen und sogar akzeptieren.«

Er gab Anna keine Chance zu antworten und sprach weiter, erzählte von dem Licht, welches das ganze Universum gleißend durchflutet, und was er alles durch die Begegnung mit dem Tiger hatte erleben dürfen.

Alle waren ergriffen.

Der Priester erhob sich als Erster, legte seine Hand auf die Schulter von Andreas und sagte: »Mein Sohn, sei dir bewusst, was für eine Segnung diese Begegnung mit dem Tiger für dein Leben bedeutet. Du bist wahrlich Gott begegnet. Nimm meine Kleider als Geschenk, ich fühle mich durch deine Gegenwart geehrt, deine Geschichte hat auch mein Weltbild erhellt.«

Andreas bedankte sich, Anna bedankte sich auch. »Sie wissen gar nicht, was Sie mir geschenkt haben.«

»O doch, ich weiß, wie Gott schenkt«, entgegnete der Priester bescheiden.

Die kleine Gesellschaft löste sich auf und der Priester entließ die vier aus diesem unbeschreiblich berührenden Bauwerk.
Anna begab sich im Auto gleich nach vorn und los ging es mit dem befreiten Andreas in Richtung Udaipur.
Im Auto unterhielten sie sich noch über den Jainismus und wie es möglich ist, so einen reichen Tempel mitten in die Natur zu stellen.
Andreas sagte: »Soviel ich weiß, sind die meisten Jainas Kaufleute, reiche Kaufleute, die dieses Leben heute als ihre letzte Wiedergeburt betrachten und dadurch strenge ethische Vorstellungen vom Leben haben. Manche von ihnen gehen mit verbundenem Mund, damit sie kein Insekt verschlucken, und mit einem Besen, mit dem sie Straße vor sich her kehren, um kein Lebewesen zu zertreten, natürlich sind alle Vegetarier. Die Swastika ist eines ihrer heiligen Zeichen und schmückt oft die Giebel ihrer Häuser. Sie sind Auftraggeber vieler Kunstwerke in Indien.«

Man brachte zuerst Anna und Francesco zum Palast. Etwas verloren standen sie vor dem Hotel.
Langsam gingen sie die Treppe zur Rezeption hinunter, verlangten die Schlüssel und im Salon meinte Francesco: »Ist Ihnen bewusst, Anna, wir haben heute noch nichts gegessen. Machen Sie mir die Freude und leisten Sie mir auf der Terrasse Gesellschaft.«
Anna musste lachen. »Francesco, warum sagen Sie das

so umständlich. Ich habe auch Hunger. Gern leiste ich Ihnen Gesellschaft, ich mache mich nur etwas frisch.«

Die beiden saßen kurze Zeit später im Abendlicht, das langsam in die Nacht überging, und das Erlebnis von Andreas mit dem kleinen Buddha, wie er sich nannte, hatte beide sehr nachdenklich gemacht.

Francesco meinte: »Allein durch das Zuhören, dass so etwas möglich ist, war ich auf einmal glücklich. Ich bedaure zutiefst, dass ich mir ein Bett bestellt habe, man sollte wirklich auf dem Boden schlafen.«

»Wissen Sie«, fing Anna an, »mir ist heute klar geworden, wie viel ich falsch gemacht, wie falsch ich gedacht habe. Vielleicht habe ich meinen Sohn durch meine Liebe nur besitzen wollen.«

Francesco berichtigte Anna: »Es gibt kein Falsch und Richtig.«

»Ha, ha«, meinte Anna spöttisch. »Sie sprechen ja schon wie Andreas. Gut, ich habe trotzdem vieles falsch gemacht, das habe ich heute erkannt.«

»Was haben Sie erkannt?«

»Ich habe Andreas durch meine übergroße Liebe mit Stricken an mich gebunden. Ich bin mir nicht sicher, ob ich nicht sehr egoistisch gehandelt habe. Ich habe mich unentbehrlich gemacht und gedacht, dass er ohne meinen Einsatz sein Leben nicht meistern könnte. Offensichtlich habe ich mich getäuscht, das habe ich heute im Tempel in der ganzen Tragweite erkannt. Was würden Sie dazu sagen, wenn auch ich hier in Indien neu anfangen würde? Weit weg von meinem Sohn, um den beiden die Möglichkeit zu geben, ihr Leben zu leben, und vor allem auch mir eine Chance zu geben, nicht im Frust zu versinken? Ich bitte Sie, mir morgen Ihre Wohnung zu zeigen, damit ich eine Vorstellung davon bekomme, wie es sich hier leben würde.«

Francesco sah sie mit offenem Mund und weit aufgerissenen Augen an, als ob er eine Offenbarung erlebte. Pathetisch rief er: »Frau Anna, ich fasse es nicht. Sie bleiben bei mir. Sie machen mich zum glücklichsten Menschen der Welt!«

»In Indien, in Udaipur, nicht bei Ihnen, Francesco, nicht schon wieder übertreiben.«

»Dieses Glück mit Ihnen hier auf dieser Terrasse zusammen zu sein, mit der Aussicht, dass Sie bei mir in Indien bleiben, müssen wir jetzt mit einem üppigen Mahl und mit einem teuren italienischen Rotwein, feiern.«

»Francesco – Francesco … Sie haben mich fast überzeugt, aber nur, wenn Sie mir morgen Ihre Wohnung zeigen.«

Lakshmi und Andreas fanden Draupati und Kali wartend im Salon.

»Da seid ihr ja nun endlich.«

Die Großmutter umarmte Andreas ungewohnt herzlich.

»Schön, dich wieder bei uns zu haben.«
Sie erzählte ihm ziemlich trocken, wie sie den jungen Mann zum Reden gezwungen hatte.
»Du musst dir eine Strafe für ihn ausdenken, Andreas.«
Er nahm sie in die Arme.
»Danke, Kali, du hast großartig gehandelt, aber weißt du, ich kann ihn gar nicht bestrafen, denn ich habe durch die Tat dieses jungen Mannes etwas Einmaliges erlebt.«
Er erzählte der Großmutter und Draupati die Geschichte mit dem Tiger.
Lakshmi übersetzte das Erlebnis mit dem Tiger für die Großmutter, die versunken dasaß. Über ihr unbewegliches Gesicht liefen unaufhaltsam die Tränen. Die Großmutter, die so viele Tigerjagden erlebt hatte, stand erschüttert auf. »Mit einem Tiger unterhalten ... der deine Aura gesehen hat – was musst du für eine heilige Aura haben, mein Sohn.«
Wie in Trance sagte sie: »Oh, da fällt mir ein, ich darf Raman nicht vergessen. Wenn du keine Strafe für ihn hast, werde ich eine für ihn finden.«
Sie nahm den Schlüssel, steckte die Pistole in eine Handtasche und verabschiedete sich von den dreien.
»Ich gehe ihn erlösen.«
Sie drehte sich noch einmal zu Andreas um: »Bedanke dich bei Shiva.«
Als Kali hinausging, betrat Krishna das Zimmer, eilte

auf seinen Schwiegersohn zu, umarmte ihn stürmisch: »Ich bin so glücklich, dass dir nichts passiert ist. Du musst wissen, als wir heute Morgen zu dem Baum kamen, lag da ein Strick, eine tote Kobra und ein Tiger, der, durch uns aufgeschreckt, hochsprang. Der Jäger hat ihn sofort erschossen, bevor er uns angreifen konnte. Wir haben jetzt ein wunderschönes Tigerfell.«

»Was!«, schrie Andreas völlig außer Fassung. »Ihr habt den kleinen Buddha erschossen!«

Er sank auf den Boden, schlug die Hände vors Gesicht und fühlte sich schuldig und elend. Seinetwegen musste dieses edle Tier sein Leben verlieren. Andreas schlug mit den Fäusten auf die Erde, auf seinen Kopf.

»Das glaube ich nicht! Das kann ich einfach nicht glauben!«

Er hatte alles mit Gelassenheit ertragen, doch das war zu viel für den armen Andreas.

Da Krishna nichts von dem kleinen Buddha wusste, verstand er nicht, was mit seinem Schwiegersohn plötzlich los war.

Draupati nahm ihren Mann, führte ihn aus dem Zimmer und erzählte ihm, was sie eben selbst von Andreas gehört hatte.

»Das ist doch unmöglich«, meinte Krishna.

»Findest du?«, meinte Draupati spöttisch. »Ihr Männer glaubt nur, was ihr beweisen und anfassen könnt. Aber mein Lieber, es gibt eben doch noch mehr zwischen

Himmel und Erde, als wir uns träumen lassen. Warum blieb der Tiger bei dem Baum? Weil es auch für ihn ein großes Erlebnis war. Die Kobra hat er für Andreas getötet. Er hatte ihn die ganze Nacht bewacht, nun schlief er sich an ebendieser Stelle aus. Warum musstet ihr gleich schießen?«

Krishna war jetzt nachdenklich geworden.

»Wir hörten nach dem Schuss den furchtbaren Schrei eines Tigers.«

»Das war bestimmt Aurora, die Mutter des Tigers, die genau spürte, wem dieser Schuss gegolten hatte. Ich glaube«, sagte Draupati leise, »diese Geschichte wird uns alle verändern.«

Lakshmi hielt Andreas auf dem Boden im Salon fest umschlungen, die Berührung konnte seinen Schmerz lindern.

Diese kurze Zeit der Angst und Andreas' Fassungslosigkeit über den Tod des Tigers öffnete in Lakshmis Wesen, in ihrem Fühlen eine zärtliche Wärme für diesen Menschen, der nun bald ihr Mann sein würde. Sie streichelte seine Locken, küsste seine Tränen und Andreas ließ sich in diese weibliche, zärtliche Wärme hineinfallen.

Er brauchte diesen Trost und ihre körperliche Nähe. So öffnete der kleine Buddha noch ein Tor des Einsseins, das ihre beiden Seelen vereinte.

Kali erlöste den nichtsnutzigen Sohn, wie sie ihn nannte, aus der Gefangenschaft in seinem Zimmer.
»Du hast Glück, mein Junge, dass Andreas nichts passiert ist. Ich hoffe, dass du dir so eine ruchlose Tat nicht mehr erlaubst, dass du vor allem über dich und deinen Charakter nachdenken solltest. Der, das musst du zugeben, zu wünschen übrig lässt. Was hättest du vor allem auch deinen Eltern angetan, wenn Andreas etwas passiert wäre! Denke darüber nach und ebenfalls über Andreas' Großzügigkeit, dir zu verzeihen. Was ist dir deine Freiheit, die ich dir nun gewähre, wert? Strafe muss sein, mein Junge. Eine harte Lektion hast du verdient, weil du aus Gier gehandelt hast, also wirst du eine Lektion über deine Gier von mir bekommen. Was ist dir deine Freiheit wert? Sonst wärst du wegen Mordes, sei dir dessen bewusst, ins Gefängnis gekommen, also wie viel?«
Der junge Mann stand unschlüssig da und sagte zögernd: »Dreihunderttausend Rupees.«
»Zu wenig«, konterte die Großmutter.
Er immer noch zögerlich: »Fünfhunderttausend.«
»Zu wenig.«
»Also gut: Sechshunderttausend.«
»Das gibst du mir jetzt schriftlich, damit werden wir beide etwas Sinnvolles anfangen.«
Er holte Papier und einen Kugelschreiber, um ihr die Summe zu bestätigen.
»So ... ich wünsche dir einen schönen Abend ...«

Das Papier wie eine Fahne schwenkend, rauschte Kali zufrieden und ihrem Namen alle Ehre machend aus dem Zimmer.

Entscheidung

Der Morgen entfaltete wieder diesen Lichtertanz aus goldenen Bändern auf dem See und erleuchtete die Fenster des Palastes. Anna konnte sich von diesem Anblick nicht losreißen und wartete, bis aus dem goldgelben Palast ein weißer wurde. Der Satz des Priesters ging ihr nicht aus dem Kopf: »Wenn du Gott schmückst, schmückt er dich.«

Wie konnte sie Gott schmücken, doch nur den Gott in einem Menschen? Das wäre ähnlich den Worten von Jesus: »Was Ihr dem geringsten meiner Brüder getan habt, habt ihr mir getan.«

Wenn du Gott in einem andern schmückst durch eine Tat ... wenn ich es richtig verstanden habe, schmückt er dich.

Sie saß noch eine Weile auf der Fensterbank und überdachte auch ihren spontanen Entschluss von gestern Abend, in Indien zu bleiben. Sie dachte an ihre Hunde, Shambo und Mirko. Diese beiden würde sie wirklich im Stich lassen. Für die Hunde war es bestimmt

unerklärlich, dass sie nicht zurückkam, aber Schäferhunde nach Indien zu holen war mit Sicherheit unmöglich. Das tat ihr weh.
Würde sie so einen harten Schnitt in ihrem Leben überhaupt aushalten? Alles war fremd hier, außer Francesco. Sie riss sich aus ihren Zweifeln. Schluss damit, los jetzt, Anna, Francesco wartet.
Sie sang im Bad unter der Dusche, das hatte sie schon lange nicht mehr getan.
Dann erschien sie mit frisch gewaschenen Haaren, die sie noch nass zum Knoten geschlungen hatte, auf der Terrasse.
»Guten Morgen, schöne Frau.« Francesco wartete schon.
»Guten Morgen, Francesco, ein herrlicher Morgen.« Sie überging die schöne Frau.
»Die Wärme tut richtig gut.«
Sie frühstückten und fuhren mit einem Tuk Tuk zu Francescos Wohnung.
Anna hatte sich inzwischen an den Verkehr gewöhnt, bewunderte lediglich die Geschicklichkeit der Fahrer.
Sie kamen an einem neuen Haus an, das im indischen Stil gebaut war. Francesco schloss feierlich die Haustür auf.
»Frau Anna, in diesem Haus gibt es noch mehrere Wohnungen, vielleicht wird es ja auch Ihr Heim, wer weiß. Treten wir also bewusst über diese Schwelle.«

Sie stiegen fünf Treppen nach oben, beide etwas schwer atmend.
»Das wird meine Morgen- und Abendgymnastik«, meinte Francesco. »Nach einer gewissen Zeit fällt es mir bestimmt leichter.«
Er schloss auch oben die Tür bewusst auf. »Bitte einzutreten in mein zukünftiges Reich.«
Er gab Anna mit einer großen Geste den Weg frei. Es empfing sie ein halbrunder Eingang, an dem links und rechts geschickt verzierte Schränke eingebaut waren und der ohne Tür in einen sehr großen Wohnraum führte. Der Boden war mit weißem und schwarzem Marmor ausgelegt, der sich bis auf eine Terrasse hinauszog, mit Blick auf den See.
Anna war überrascht.
»Das hätte ich nach der Fahrt nicht gedacht, dass Sie den See sehen. Dieser Blick ist ja unglaublich!«
Im Wohnzimmer lagen schon zwei Seidenteppiche. Auf einer Kommode standen Bilder von Heiligen.
»Wer ist das?«, frage Anna.
»Der eine ist Shirdi Baba und der andere Sai Baba, die heutige Inkarnation von Shirdi Baba. Hier im Norden wird besonders Shirdi Baba verehrt und ich liebe Sai Baba und fahre im Januar immer nach Putaparthi.«
Aha, dachte Anna, deshalb ist er so ein netter, gütiger Mensch, weil er einen Guru hat.
»Warum wohnen Sie noch im Hotel, wenn Sie hier schon Möbel haben?«

Er öffnete die Tür zum Schlafzimmer: »Leider noch ohne Bett. Wenn ich die Geschichte vom kleinen Buddha eher gehört hätte, würde ich mich mit einer Matratze begnügen.«
Er zeigte ihr noch ein anderes, großes, interessant geschnittenes Zimmer.
»Das wird vielleicht das Gästezimmer werden.«
Es gab noch eine geräumige Küche und ein sehr elegantes Bad.
Alles wirkte durchdacht und architektonisch interessant gestaltet. Anna hatte noch nie eine so perfekte Wohnung gesehen.
Sie lief auf die Terrasse. »Diese Weite ist ja wunderbar, man hat nicht das Gefühl, in einer Stadt zu sein.«
»Schauen Sie sich alles genau an, Anna. Unter mir ist die gleiche Wohnung noch frei. Es wäre ein Gottesgeschenk, wenn Sie dort wohnen würden, ich wäre bestimmt kein schlechter Nachbar für Sie. Sie müssten sich nur schnell entscheiden, sonst ist die Wohnung weg. Auch der Blick ist im vierten Stock noch derselbe.«
»Meinen Sie, ich kann das bezahlen?«
»Meine Wohnung kostet ungefähr neunzigtausend Euro. Ihre Wohnung wird, denke ich, achtzigtausend kosten.«
»Das reicht«, sagte Anna glücklich. »Ich habe einen Bausparvertrag mit einhundertfünfzigtausend Euro, den ich sofort abrufen kann.«

Ihr blieb einen Moment die Luft weg, wie schnell sie sich entscheiden sollte, ohne mit Andreas gesprochen zu haben, aber es war ihr Leben und hier hatte sie die Chance, alles loszulassen, was ihr bisheriges Leben ausgemacht hat.
Sie hörte sich sagen: »Kommen Sie, Francesco, ich kaufe die Wohnung.«
»Frau Anna, ich liege Ihnen zu Füßen! Lassen Sie uns trotzdem in das Immobilienbüro eilen und wir mieten die Wohnung mit Anzahlung bis zum Kauf. Ich bin beruhigt, es bleibt Ihnen immer noch genug zum Leben.«
Sie riefen ein Tuk Tuk und fuhren durch die nun immer mehr geschmückte Stadt, die sich auf das Lichterfest vorbereitete.
Die engen Straßen waren mit Goldlamettaketten überspannt. Bunte Lichterketten wurden angebracht, überall stockte der Verkehr, aber sie kamen doch glücklich zum Büro, das außerhalb der Stadt lag.
Die Verhandlung war nicht einfach.
Der Immobilienmakler wollte natürlich sofort das Geld haben, sonst würde es teurer.
»Zuerst mieten? Nein«, er schüttelte den Kopf.
Francesco kannte seine indischen Geschäftsfreunde. Ebenso hartnäckig wie freundlich zählte er dem Verkäufer die Verwandtschaft dieser deutschen Dame auf.
»Sie kennen doch Kali Singh, die eine sehr angesehene

und reiche Frau in Udaipur ist, bei ihr können Sie sich erkundigen, dass Anna Wegheimer durchaus in der Lage ist, diese Wohnung zu bezahlen. Außerdem kennen wir den Maharadscha persönlich.«

Das wirkte!

Annas Pass, mit dem Visum für fünf Jahre, das sie sich vorsichtshalber in Deutschland hatte geben lassen, weil sie voraussah, dass sie in den nächsten Jahren bestimmt öfter nach Indien fliegen würde, beruhigte den indischen Makler und der Kauf wurde beschlossen.

Anna zahlte die drei Monatsmieten mit der Karte und unterschrieb den Kaufvertrag. Mit dem Gouvernement, das kann man regeln, wenn das Geld aus Deutschland da ist.

Feierlich übergab dieser hübsche Inder Anna die Schlüssel zur neuen Wohnung, die sie noch nicht einmal gesehen hatte. Und dies alles, ohne mit Andreas gesprochen zu haben, der wird sich wundern.

»Anna, jetzt fahren wir zum Tempel von Udaipur, holen uns den Segen für unsere Wohnungen.«

Gesagt – getan ...

Sie winkten einem Tuk Tuk und fuhren über den Markt, mit den vielen farbig gekleideten Menschen, der Fülle von Früchten und Gewürzen, die überall angeboten wurden, zum Tempel.

Er sah, im Gegensatz zu Ranakpur, altehrwürdig und schon etwas verwittert aus. Die vielen steilen Treppen, die man hinaufsteigen musste, erinnerten an eine Pyramide. Oben angekommen, waren die beiden völlig außer Atem, ob der ungewohnten Höhe der Stufen, doch hatte man das Gefühl, im Vorzimmer des Himmels angekommen zu sein.

Der Innenraum des Tempels war aus Stein mit Figuren, die von einer farbigen Patina überzogen waren. Die Heiligtümer waren umgeben von Holzbrücken, die schon sehr brüchig aussahen, deshalb blieben Anna und Francesco in der Mitte stehen.

Der Tempel wurde über und über mit Blumen geschmückt, denn in zwei Tagen war das Fest der Lakshmi.

Francesco und Anna baten still um den Segen für ihr Tun und verließen dann beeindruckt und erfüllt diesen ehrwürdigen Ort.

Als sie ihre Schuhe wieder angezogen hatten und die Treppe mühselig hinunterstiegen, fiel Annas Blick auf zwei Kinder, die in einer Ausbuchtung des Tempels unterhalb der Treppe mit Hunden und Kühen hausten und bettelten.

Anna griff sofort zu ihrem Geld und gab jedem der Kinder zehn Rupees.

»Lassen Sie das, man sollte Kindern kein Geld geben. Sai Baba sagt, die Bettlerorganisationen nehmen ihnen das Geld sofort wieder ab und die Kinder werden für das Leben verdorben.«

»Das glaube ich nicht«, sagte Anna beharrlich. »Bitte fragen Sie die Kinder, warum sie hier betteln.«

»Gut, wie Sie wünschen!« Er sprach mit den Kindern Hindi: »Wo sind eure Eltern?«

Der Junge, vielleicht sieben Jahre alt, mit dichtem schwarzem Haar, großen, braunen, hungrigen Augen, aus denen das Elend der Welt schaute, gab bereitwillig Antwort: Sie hätten keine Eltern. Seine Mutter hätte ihn hier an dem Tempel abgesetzt, weil sie einen Mann geheiratet habe, der ihn auf keinen Fall wollte. Das Mädchen war von seiner Großmutter hier abgestellt worden.

Die Leute denken, wenn man die Kinder an einem Tempel aussetzt, wird man ihnen helfen. Das Mädchen und der Junge lebten hier seit einem Jahr.

Als Francesco dies Anna übersetzte, schüttelte sie entsetzt den Kopf.

»Das gibt's doch nicht, wie kann man mit Kindern so umgehen? Was sind das für Eltern, haben Kinder keine Rechte in Indien?«

Francesco wurde auch nachdenklich.

Er hatte in der Zeitung gelesen, dass die Regierung sich bemühte, neue Gesetze zum Schutz der Frau und dadurch auch für die Kinder zu machen, aber leider waren die noch nicht verabschiedet.

»Wo wascht ihr euch?«, fragte er die beiden.

»Am Brunnen.« Der Junge zeigte auf einen Ziehbrunnen in der Mitte der Straße, an dem die Frauen in großen Krügen Wasser holten.

»Wo schlaft ihr?«

»Da unten ... in der kleinen Höhle, wenn die Kühe mit uns schlafen, ist es schön warm.«
»Wie alt bist du?«
»Sieben Jahre.«
»Und das Mädchen?«
»Ich weiß nicht, vielleicht fünf – vielleicht vier?«
Das Mädchen war ein feingliedriges Kind mit sehr dunkler Haut und wilden Locken.
Bestimmt haben sie Läuse, dachte Anna. Jetzt zog auch Francesco seine Brieftasche und gab ihnen fünfzig Rupees.
»Bitte kauft euch was Anständiges zu Essen.«
»Danke, Sir«, sagte der Junge höflich.
Nachdenklich gingen die beiden weiter. Francesco sagte: »Wir können zu Fuß hier den Berg hochgehen und kommen dann von hinten in den Maharadscha-Palast und auch in unser Hotel.«
Der Gegensatz der armen Kinder zu dem riesigen Palast, der sich, auf einem Felsen gebaut, lang gezogen hinstreckte, war schwer zu verkraften.
Nach der Euphorie, die der Kauf der Wohnung in Anna geweckt hatte, fiel sie jetzt wie vom fünften Stock in den Keller. Ob sie das aushielt, auf der einen Seite der Reichtum und dann dieses Elend? Anna dachte wieder: Wenn du Gott schmückst, schmückt er dich.
Francesco spürte, was in Anna vorging.
»Sie dürfen sich das nicht zu Herzen nehmen. Wir

können den Kindern ja zu essen bringen, vielleicht auch etwas Sauberes zum Anziehen.«
»Meinen Sie, dass ihnen damit geholfen wäre? Der Junge gehört schon längst in die Schule.«
Er legte beruhigend seinen Arm um Annas Schultern.
»Jetzt gehen wir erst mal etwas essen und dann in unsere Wohnungen.«
»Sollten wir nicht mal bei Krishna anrufen und fragen, ob sie uns brauchen?«
»Nein, meine Liebe. Krishna hat mich heute Morgen angerufen und gebeten, etwas mit Ihnen zu unternehmen, weil die Familie nur noch mit Hochzeitsvorbereitungen beschäftigt ist. Morgen um zwölf Uhr lädt uns Krishna zu einer Puja in sein Haus, bei der die Familie versammelt sein wird.«
»Was ist eine Puja?«
»Im Hinduismus und Buddhismus ist die Puja ein täglich praktiziertes Ritual. Es geht im Prinzip darum, Gott als höchstem Gast Ehre zu erweisen. Man reicht als Opfergabe absolut reine Speisen, wie Früchte, Milch, Joghurt, geklärte Butter, Honig, frische Blumenblüten, Reis und Senfkörner, die man in einem Ritual über die Statue von Durga oder Shiva fließen lässt, und anschließend verzehren die Gläubigen die Opferspeisen, die man Prasad nennt. Ich kann Ihnen nur versichern, es schmeckt himmlisch. Man reinigt sich anschließend durch das Feuer, indem man mit beiden Händen über die Flammen und danach über Stirn und

Scheitel streicht. Mit etwas Asche und rotem Pulver erhält man ein Zeichen auf die Stirn mit dem Segenswort: Dieses Zeichen gebe dir Frieden. So ähnlich wird das Ritual morgen sein, eine sehr eindrucksvolle Zeremonie.«
Sie waren auf der Terrasse angekommen und verzehrten mit großem Appetit die scharfen, wohlschmeckenden indischen Speisen.
Anna legte ihre Hand auf den Arm von Francesco: »Bitte, kein Wort über den Kauf der Wohnung, es bleibt vorerst unser Geheimnis.«
»Endlich habe ich ein Geheimnis mit Anna, der hübschesten Frau vom Bodensee«, übertrieb Francesco, in seinem italienischen Temperament.

Andreas, der nichts von den Aktivitäten seiner Mutter ahnte, hatte sich in einem Zimmer in die Stille zurückgezogen. Sein ganzer Körper schmerzte bei dem Gedanken, dass man dem kleinen Buddha gleich nach seinem Tod das Fell abgezogen hatte. Es war unfassbar für ihn. Er wollte auch keine Entschuldigungen hören. Immer wieder bat er um Verzeihung für das, was die Menschen dem Tiger angetan hatten.
Er versuchte immer tiefer und tiefer in sich einzudringen, um durch seine eigene Stille die Seele des getöteten Tieres zu erreichen.
Nach Stunden der Konzentration im Gebet hörte er die Stimme des kleinen Buddha in sich.

»Danke, mein Freund, dass du an mich denkst. Sei nicht traurig. Ich muss dir sagen, es wäre schwer für mich gewesen, im Leib eines Tigers weiterzuleben. So hat der Geist mich durch den Schuss erlöst. Verstehst du, mein Freund, der Jäger war nur eine ausführende Hand des Geistes. Ich bin wirklich und wahrhaftig erlöst. Mein Fell soll deine Mutter in Ehren aufbewahren. Auch diesen Schmerz habe ich überwunden. Es ist schön, hier, wo ich bin. Mein Wunsch, unter dem Bodhibaum erleuchtet zu werden, wie Siddhartha, trägt auch hier seine Früchte. Sei nicht traurig, mein Freund, wir bleiben immer verbunden.«
Andreas liefen mit einem Mal die Tränen übers Gesicht. Tränen der Erleichterung und der Freude. Der kleine Buddha lebt, nur auf einer anderen Ebene. Dieses Wissen schenkte ihm eine Leichtigkeit, in der er noch eine Weile verweilte.
Danach verließ er das Zimmer, suchte seine Braut Lakshmi, die traurig auf ihn gewartet hatte, und schloss sie in seine Arme.
»Verzeih, mein Liebes, alles ist gut. Ich habe die Seele des kleinen Buddha erreicht, es geht ihm gut, da, wo er ist. Er sieht keine Schuld bei dem Jäger oder deinem Vater. Er wäre nach unserem Erlebnis im Leib eines Tigers nicht mehr glücklich geworden, doch dort, wo er jetzt ist, ist er es.«
»Ich bin so froh, Andreas. Es war furchtbar für mich, dich leiden zu sehen.«

»Weißt du, mein Liebes, die Wege Gottes sind für uns unbegreiflich. Was uns grausam erscheint, ist am Ende eine Erlösung. Lass uns jetzt auch deinen Vater trösten.«

Francesco und Anna saßen mittlerweile in einem Tuk Tuk. Anna wollte die Biografie Yoganandas kaufen, damit sie das Bild von Yukteswar als Erstes in ihrer Wohnung aufstellen konnte. Sie besorgten Kissen und eine Matratze, da Anna sich entschlossen hatte, auf dem Boden zu schlafen. Das war zwar nicht die Erde, aber immerhin.

Als sie alles eingekauft und zwei Tuk Tuks damit beladen hatten, die hinter ihnen her zu ihrem neuen Heim fuhren, klingelte Francescos Handy. Es war Kali.

»Hallo, Francesco, ein Immobilienbüro hat mich gerade angerufen, ob ich eine Anna Wegheimer kenne, die eben eine Wohnung gekauft habe. Francesco, ich bitte um eine Erklärung.«

Er erzählte ihr kurz von dem Entschluss Annas und dass sie just in diesem Moment in die neue Wohnung fuhren.

»Wo ist das?«, fragte Kali. Er gab ihr die Adresse.

»Das ist ja interessant, ich komme. Ich komme sofort!«

Francesco bat sie, nichts zu den andern zu sagen. Großes Geheimnis.

»Versprochen!«
»Vierter oder fünfter Stock«, schrie er noch ins Telefon, doch sie hatte schon aufgelegt.
Die beiden trugen mit Hilfe der Tuk-Tuk-Fahrer ihre Einkäufe in Annas Wohnung, die andächtig die Tür aufschloss und als Erstes das Buch von Yogananda aufschlug und das Bild von Yukteswar aufstellte.
Dann ging sie langsam durch ihre neue Wohnung – ihre Wohnung. Sie ging durch jedes Zimmer, nahm es in Besitz und stellte sich vor, wie sie es einrichten würde. Wenig und praktisch sollte es sein. Sie ging auf den Balkon und umarmte die Weite, den See, die Berge, die Bäume, alles Leben, das ihr entgegenströmte, als Wärme und Duft Indiens.
Wieder hatte sie das Gefühl des Vertrautseins.
Francesco lehnte an der Wand und fragte, als sie zurückkam: »Zufrieden, Anna?«
»Ja, Francesco, sehr zufrieden. Ich kann gar nicht beschreiben, wie ich mich fühle.«
»Die Hauptsache ist, Sie fühlen sich gut bei dem Kauf und vor allem hier in der Wohnung.«
Als deutsche Hausfrau hatte sie natürlich Eimer, Besen, Waschzeug und Lappen eingekauft. Francesco bat Anna: »Nicht gleich putzen, es ist alles sauber.«
»Vielleicht für Indien, aber nicht für mich.«
Sie schlitterte mit einem großen Lappen über den Marmorboden, bevor sie die Kissen und die Matratze auf denselben legte.

»Es soll ziemlich leer bleiben«, meinte sie.
»Aber einen Tisch werden Sie brauchen, ich glaube nicht, dass Sie auf dem Boden essen werden.«
»Würde ich schon gern, wie die Inder am Boden sitzen, doch ich komme ja nicht runter, geschweige denn wieder hoch.«
In diesem Moment klingelte es Sturm. Kali kam keuchend die Treppe hoch, die Haustür war noch auf.
»Vier Treppen, ihr seid ja mutig.«
Kali setzte sich mit Schwung auf eines der Kissen.
»Also, ihr beiden, nun setzt euch und erzählt mir bitte, was vorgefallen ist.«
Francesco ergriff das Wort, als Anna mühselig auf das Kissen hinabsank und nicht wusste, wohin mit den Beinen.
»Anna hat durch eine Erzählung von Draupati«, als er so anfing, wusste er, das war falsch, den Teil der Geschichte musste er weglassen ... »Also, hmm, Draupati hat Anna gefragt, wo sie leben möchte und wie, wenn die beiden heiraten. Andreas hat ihr eindeutig erklärt, dass er mit Lakshmi allein leben will. Wo soll die arme Frau hin? Deshalb hat sie sich entschlossen, hier zu bleiben. Als ich Anna meine Wohnung zeigte, war sie so begeistert, dass sie sich sofort zum Kauf dieser Wohnung entschloss.«
»Ich verstehe.« Kalis dunkles, unbewegliches Gesicht wandte sich zu Anna. Ihre dunkelgrünen Augen schauten sie prüfend an.

Sie hat Augen wie Krishna, dachte Anna.

»Sehr klug«, sagte Kali nur, stand auf, wiederum sehr beweglich, und blickte sich in der ganzen Wohnung um.

»Nicht schlecht, der Blick ist himmlisch. Die Wohnung ist gut gebaut.«

Zeigen Sie mir Ihre Wohnung, Francesco?«

»Aber gern.«

Sie gingen in seine Wohnung, die natürlich, da sein Balkon den Himmel über sich hatte, noch anziehender wirkte.

»Gibt es noch freie Wohnungen hier im Haus?«, fragte Kali jetzt auf Englisch.

»Sie sprechen Englisch?«, fragte Francesco jetzt verblüfft.

»Ja, doch das müssen nicht alle wissen, das ist mein Geheimnis. Es hat sich durch unsere Geschäftsverbindungen so ergeben, dass es besser war, dass ich nicht Englisch sprechen konnte, und dann kam ich aus dieser Lüge nicht mehr heraus.«

Anna schaute Kali bewundernd an. Was für eine Beherrschung dazugehört, am Tisch zu sitzen, während sich alle Englisch unterhalten, und so zu tun, als ob man nichts versteht.

Kali schaute Anna an: »Das war nicht einfach, aber ich wusste immer, woran ich war.«

Aha, Gedanken lesen kann sie anscheinend auch, fühlte Anna. Kali lächelte in sich hinein und sagte: »Ihr Lie-

ben, jetzt haben wir ein Geheimnis und das bleibt unter uns.«
Francesco erklärte Kali: »Im ganzen Haus sind noch drei Wohnungen frei. Eine im dritten Stock, eine im zweiten und eine im Parterre. Dazu gehört noch ein kleiner Garten. Den See sieht man von überall, aber natürlich nicht so prachtvoll wie von hier oben.«
»Hm ...«, überlegte Kali. »Mein großes Haus ist mir zu riesig und zu dunkel. Ich habe schon länger über eine Veränderung nachgedacht, aber nichts gefunden. Ich war auch hin- und hergerissen, da ich gewohnt war, immer der Herr im eigenen Hause zu sein, und dann in eine Wohnung zu ziehen, in ein Haus, das man mit anderen teilen müsste, konnte ich mir einfach nicht vorstellen.«
Anna unterbrach höflich: »Das waren auch meine Bedenken. Ich hatte immer ein eigenes Haus.«
»Aber hier wäre es gegeben«, Kali sah die beiden an, »dass man Gesellschaft findet, angenehme Gesellschaft, die vielleicht die Freiheit, die man nicht mehr hat, aufwiegt. Würden Sie beide denn mit mir vorlieb nehmen?« Sie sprach gleich weiter: »Könnten Sie sich vorstellen, hier in diesem Haus, mit meinem Dienerehepaar und mir zu leben? Jeder natürlich für sich selbst, aber so weiß man wenigstens, mit wem man so ein Haus teilt.«
Francesco sagte humorvoll: »Ich kann mir nichts Interessanteres wünschen, als mit zwei so schönen und

unterschiedlichen Damen den Rest meines Lebens zu verbringen.«

»Die Idee ist verlockend«, freute sich Anna. »So weiß ich, wer unter mir wohnt, wir beide, glaube ich, würden uns verstehen, vor allem, wenn ich noch mehr Englisch sprechen kann.«

»Das können Sie von mir lernen. Wissen Sie, Anna, ich war auch mal in einer ähnlichen Situation wie Sie, als mein Sohn heiratete, und ich habe mich nicht so gut benommen. Ich weiß, wie weh es tut, wenn die Zeit gekommen ist, den Sohn loszulassen. Ich war nicht sehr nett zu meiner Schwiegertochter und das Verhältnis blieb unser ganzes Leben angespannt. Seien Sie froh, wenn Ihnen diese Erfahrung erspart bleibt. Ich liebe meine Enkelin über alles. Alle meine Liebe, zu der ich fähig war, habe ich auf das Kind projiziert. Ich bin so dankbar, dass ein Mensch wie Andreas ihr Mann wird. Ich habe die Deutschen, ihre Tatkraft, ihre Pünktlichkeit und Verlässlichkeit, immer bewundert. Wir können von euch lernen und ihr von uns. Darf ich jetzt der Mutter dieses wunderbaren Jungen ein Geschenk machen für die neue Wohnung, da ich weiß, was diese Entscheidung für Sie bedeutet, Anna? Ich werde Ihnen meinen Diener schicken mit Teppichen, Geschirr und Stoffen, die ich mein Leben lang gesammelt habe. Meine Räume sind voll davon und Sie werden sich bitte die schönsten davon aussuchen. Sie haben es wahrlich verdient.«

Anna hatte nicht alles verstanden, doch sie spürte, was diese Frau mit ihrem Geschenk ausdrücken wollte. Sie hätte dieses neue Heim gerne selbst eingerichtet, aber das konnte sie nicht abschlagen.

»Vielen Dank.«

»Sie werden Ihr Geld noch brauchen«, sagte Kali im Aufstehen. »Wir sehen uns morgen bei der Puja. Wann kann ich den Diener schicken?«

»Morgen früh um neun Uhr«, sagte Anna, »wenn es möglich ist.«

»Bei mir ist alles möglich, ihr Lieben. Bis morgen – und kein Wort über mein Englisch.«

Sie ging leichtfüßig die Treppen hinunter.

Francesco dachte: Zwei Herrscherinnen, die sich akzeptieren, wer hätte das gedacht, wobei Kali wirklich Herrscherinnen-Qualitäten an diesem Tag entwickelte. Sie rief das Immobilienbüro an und fragte, ob die anderen Wohnungen im Hause tatsächlich noch frei wären. Natürlich sah dieser Kaufmann eine fette Beute und druckste herum. Ja, er hätte viele Interessenten, sie habe ja gesehen, wie schön und einmalig es sei. »Ja, das habe ich gesehen, aber deshalb müssen Sie bei mir nicht mit dem Preis hochgehen. Morgen um halb acht sind Sie mit den Schlüsseln am Haus.«

»Alle Wohnungen?«, fragte er ungläubig.

»Ja, alle, haben Sie verstanden?«

»Ich habe verstanden, morgen um halb acht.«

Anschließend ging Kali in den Raum, in dem sie die Teppiche lagerte, die sie in Kaschmir selbst eingekauft hatte. Sie verstand viel von der Webart, den Mustern und Materialien. Sie suchte für Annas Wohnung einen ruhigen, hellroten, fast chinesisch anmutenden Teppich für den großen Raum aus und drei schöne passende Brücken dazu, die aus Kasachstan stammten. Für die kleineren Räume wählte sie hellgrüne und beigefarbene Brücken, Teppiche mit wunderschönen Vasenmustern. Sie erinnerte sich, wie sie dieselben mit ihrem Mann auf den weiten, damals noch sehr mühseligen Reisen erworben hatte. Sie rief Sarita und Shahrukh, ihr Dienerehepaar, ihr zu helfen, die Teppiche zusammenzurollen und mit einer Schnur zu binden. Sie kramte in ihrem reichen Fundus nach Decken und Stoffen, die zu den Teppichen passen würden. Sie sortierte mit Sarita Wäsche und Handtücher, alle neu und aus feinstem Leinen, das würde bei ihr alles nur vermodern. Wie beiläufig fragte sie Sarita: »Hätten Sie was dagegen, wenn wir umziehen?«
»Umziehen, weg aus diesem schönen Haus?«, fragte diese erschrocken.
»In etwas Modernes, vielleicht ist es besser sauber zu halten«, beruhigte Kali ihre Dienerin.
»Sie nehmen uns doch mit, wenn Sie gehen?«
»Natürlich, Sarita, was soll ich denn ohne euch anfangen? Ihr bringt das morgen früh alles zu dieser Adresse.«

Sie schrieb ihr diese gut leserlich auf.
»Ach, ich habe das Geschirr und das Silber vergessen, bringen Sie bitte einen großen Korb und Papier zum Verpacken.«
Die Frauen arbeiteten schweigend. Sarita wunderte sich über die Freigebigkeit ihrer Herrin. Was war da wohl passiert?
Kali spürte, was sie dachte, ihre Sensibilität war die einer weißen Hexe. Manchmal mit diesem steinernen, dunklen Gesicht, diesen abgrundtiefen grünen Augen, konnte man auch denken, sie sei eine Zigeunerin.
»Das ist für die Mutter von Lakshmis Mann, eine Deutsche, die bei uns in Udaipur bleibt. Ich will, dass sie sich gleich wie zu Hause fühlen kann. Eine Frau in ihrem Alter, die bereit ist, alles aufzugeben, ist mir noch nicht begegnet. Sie hat meinen größten Respekt. Könnten Sie sich vorstellen, Sarita, dass Sie selbst in eine hübsche, moderne Wohnung ziehen? In zwei Tagen ist Neumond, das wäre ein gutes Omen für einen Neubeginn. So einen Wechsel kann man nur schnell vollziehen, ohne lange darüber nachzudenken, sonst hat man nicht den Mut dazu. Verstehen Sie das, Sarita?«
»Ich hätte Angst davor, aber verstehen tue ich es schon.«
»Sarita, wir suchen jetzt noch ein paar Teppiche, beschriften diese und wenn alles klappt, bringt Ihr Mann an Divali diese Dinge an die neue Adresse.«

Am Abend fiel Kali befriedigt und ob der ungewohnten Arbeit müde ins Bett.
Sie bat ihre innere Führung, ihr durch einen Traum oder einen Hinweis zu zeigen, ob sie so einen Schritt wagen könnte oder nicht. War eine Entscheidung in diese Richtung für ihr Leben, für ihr Dienerehepaar und für Anna und Francesco von Bedeutung? –
Sie hatte einen Traum, an den sie sich nicht erinnern konnte. Sie hörte ab und zu in der Nacht fröhliches Kinderlachen, das durch ein leeres Haus tönte.
Als sie am Morgen aufwachte und darüber nachsann, musste sie lächeln. Weder Anna noch ich werden Kinder bekommen, aber das Lachen war fröhlich. Es fühlte sich gut an. Sie konnte sich auf ihre Intuition verlassen. Wenn etwas nicht sein sollte, sah sie nur undurchdringliche Schwärze.
Pünktlich um halb acht stand der Makler vor dem Haus. Nach Besichtigung der Wohnungen kaufte Kali die untere Wohnung auf den Namen ihres Dieners.
Vielleicht müssen wir den zweiten und dritten Stock durch eine geschickte Treppe verbinden, die eine alte Frau bequem gehen kann.
»Sie dürfen, weil Sie so nett sind, auch mein Haus verkaufen«, sagte sie zu dem Makler und fuhr dann mit ihm ins Büro. Um neun Uhr war sie glückliche Besitzerin dreier Wohnungen.
Shahrukh und Sarita kamen, das Auto voll geladen, vor dem Haus an.

Anna erwartete die beiden schon und half, die vielen Sachen nach oben zu tragen. Das Ehepaar bewunderte die schöne Wohnung und breitete die Teppiche, einen nach dem andern, aus. Anna war beschämt über so viele Geschenke.
Francesco, der viel von Teppichen verstand, es war schließlich sein Metier, fiel von einer Begeisterung in die andere.
»Das sind ja ausgesuchte Kostbarkeiten, so was findet man heute überhaupt nicht mehr. Kali hat einen exzellenten Geschmack, das behalten wir alles.«
»Das kann ich gar nicht annehmen«, meinte Anna, »das ist ja ein Vermögen wert.«
»Ich glaube, Kali kann das verschmerzen.«
Umsichtig schichtete Sarita all die Herrlichkeiten in die vorhandenen Küchenschränke ein. Im Flur war genug Platz für Wäsche. Anna bedankte sich nach getaner Arbeit und freute sich darüber, dass die beiden von ihrer Wohnung auch so angetan waren. Das Dienerehepaar verabschiedete sich und Anna und Francesco mussten sich beeilen, um pünktlich um zwölf Uhr bei Krishna zu sein.
Etwas abgehetzt kamen sie in Krishnas Haus an. Anna sah ihren Sohn wieder, der erholt aussah. Er trug einen weißen Panjabi, Lakshmi einen resedagrünen Sari, in dem sie aussah wie eine Elfe, wie ein Wesen nicht von dieser Welt. Wahrscheinlich fühlten sich die beiden auch so.

Anna lachte ihren Sohn fröhlich an. »Ich freue mich, dich zu sehen.« Sie gab ihm einen Kuss auf die Wange. Herzlich umarmte sie Lakshmi, sagte ihr ehrlich, wie schön sie sie fand, überirdisch schön, das musste Francesco übersetzen.

Krishna und Draupati umarmten Anna ebenso herzlich. Sie fühlte sich angenommen im Kreise der Familie.

Der Raum war nur mit einem Teppich ausgestattet, einem Altar, auf dem die verschiedenen Götterstatuen standen, im Mittelpunkt die Statue der Lakshmi. Alles war mit Blumengirlanden geschmückt und es roch nach Weihrauch und Myrre. Krishna hatte ein weißes Gewand an und sah kraftvoll und männlich aus. Kali saß schon auf dem Teppich und bedeutete Anna, sich neben sie zu setzen.

Mühselig ging Anna zu Boden und plumpste auf den Teppich. Kali zwinkerte mit den Augen, machte eine leichte Bewegung mit den Fingern an ihre Lippen, das hieß: Halte den Mund. Anna zwinkerte zurück.

Der Einzige, der das mitbekam, war natürlich ihr Einziger, aber das sah Anna wiederum nicht.

Krishna setzte sich vor den Altar, Draupati daneben. Sie zündeten die Kerzen an, schmückten die Statuen mit Blumen und duftenden Essenzen, die Draupati ihm jeweils reichte. Sie schütteten Milch und Honig über etwas, was Anna nicht sah, und Krishna rezitierte die vielen Namen Gottes dabei. Immer wieder eine Geste mit Milch, Honig und Blumen –

scheinbar floss alles in ein Gefäß am Fuße der Statue von Lakshmi.
Die Zeremonie beeindruckte Anna. Obwohl sie nichts verstand, bewunderte sie, dass jeder hier in Indien seinen eigenen Gottesdienst halten konnte. Dass man spürte, wie sehr die Menschen mit dem Göttlichen verbunden sind, die Gottheit einladen in ihr Haus, in ihr Herz und sie feiern. Sie schloss die Augen und ließ sich von der Stimme Krishnas, von der Schwingung in dem Raum einfangen und tragen.
Am Ende der Zeremonie, die ziemlich lange dauerte, wurde eine weiße Flüssigkeit in jede Handfläche geschüttet. Anna fand, dass es schmeckte wie Manna, also so, wie sie sich vorstellte, dass himmlisches Manna schmecken könnte.
Dann ging Krishna mit einem Feuerpfännchen von einem zum andern und jeder wurde drei Mal umkreist, durch das Feuer gereinigt, indem man sich aus der Flamme die Feuerenergie über den Kopf strich, besonders das Brautpaar.
Jeder bekam einen roten Punkt auf das dritte Auge.
Nach der Feier lud Krishna alle sieben zum Lunch ein. Kali, Francesco und Anna wurden von Shahrukh, Kalis Diener, im Auto zum Restaurant am See gefahren. Im Auto erzählte Kali, dass sie den Rest des Hauses heute Morgen gekauft habe und morgen, an Divali, bei Neumond, sei die günstigste Zeit für einen Neubeginn, deshalb heiraten Andreas und Lakshmi auch an

diesem besonderen Tag. »Für uns wäre es auch das Beste, wenn wir am morgigen Tag in unsere Wohnungen einziehen würden. Freut ihr euch? Nun sind wir in einem Haus: ein Italiener, eine Deutsche und wir Inder!«

Zu Shahrukh gewandt, fragte sie: »Euch hat das Haus von Anna und Francesco doch gefallen?«

Shahrukh bejahte. Er wunderte sich, dass es so etwas in Udaipur überhaupt gab.

»Sehen Sie, Ihnen gehört ab heute die untere Wohnung. Sie brauchen sich nicht zu bedanken, es ist meine Vorsorge für euch, wenn ich mal nicht mehr bin.«

Shahrukh musste ganz schön schlucken, was seine Herrin da über ihn und seine Frau ausschüttete, war ungewöhnlich. »Morgen werden Sie und Sarita viel zu tun haben, um all die Sachen, die ich beschriftet habe, in die Wohnungen zu bringen. Es wäre gut, wenn auch ihr morgen da irgendwie schlafen könntet. Es wird zwar ein Matratzenlager, aber auch das hat seinen Sinn.«

Anna bedankte sich bei Kali für all die Kostbarkeiten, die sie durch das Dienerehepaar heute Morgen in ihre Wohnung geschickt hatte. »Wir haben alles eingeräumt und ich bin überglücklich, das Wichtigste zu haben, was ich brauche, und sogar mehr. Solche Teppiche habe ich noch nie gesehen und nun liegen sie in meiner Wohnung, es sieht wunderbar aus.«

Kalis Herz ging auf. Es machte ihr Freude zu schenken.

In dem hübschen Restaurant am See angekommen, waren sie alle sehr fröhlich und ausgelassen. Die drei Alten, weil sie ein Geheimnis miteinander hatten, Draupati und Krishna darüber, dass der Hochzeit ihrer Tochter nun nichts mehr im Weg stand und sich offensichtlich der innere Kern der Familie, zu dem auch Francesco zählte, gut verstand. Lakshmi und Andreas waren in ihrer Liebe gefangen und verzaubert auch darüber, dass nun allen Schwierigkeiten zum Trotz morgen eine Inderin und ein Deutscher in einer Hinduzeremonie ihr Leben vereinten.
Krishna erzählte humorvoll, dass sie beim Lichterfest der Göttin Lakshmi alle ihre Einkommen ehrlich offen legen, schriftlich, mündlich oder auch im Computer, und bitten, dass sich das Vermögen im nächsten Jahr vermehren oder gar verdoppeln möge. Zur Göttin seien sie viel ehrlicher als zum Finanzamt.
»Ihr werdet schon heute Nacht durch das Feuerwerk, das in der ganzen Stadt entzündet wird, kaum schlafen können.«
Anna dachte an die Kinder in der Höhle beim Tempel und an die Augen des Jungen. Wie sollte sie im Luxus leben und draußen lagen die zwei Kinder, allein auf sich gestellt, im Dreck? Wie könnte sie den Kindern helfen?
Sie fühlte, dass sie Andreas wirklich losgelassen hatte. Es tat ihr wohl zu sehen, dass er mit Lakshmi so über-

aus glücklich war und dieses Glück aus seinem ganzen Wesen sprühte.
Kali winkte Anna und Francesco: »Kommt, ich will euch etwas zeigen!«
Sie gingen ans Ufer, wo Kinder von einer kleinen Tempeltreppe kopfüber in die dicke, grüne Brühe sprangen. Francesco meinte: »Die Kinder müssen ein gutes Immunsystem haben. Dreck reinigt den Magen, hat meine Mutter immer gesagt. Aber ob das gesund ist, bezweifle ich.«
»Wir sind ein zähes Volk«, meinte Kali trocken.
Andreas und Lakshmi schauten in Richtung der drei.
»Was habt ihr denn da zu tuscheln?«, fragte Andreas.
Aha, dachte Anna, der Junge wird neugierig.
»Wir besprechen die Hochzeitsgeschenke«, rief sie.
Sie bat Francesco, für Kali zu übersetzen, denn das, was sie jetzt sagen wollte, wäre sehr wichtig.
Sie gingen noch ein Stück weiter, dem See entlang, von den anderen weg.
»Da du ja jetzt eigentlich den größten Teil des Hauses besitzt, Kali, darf ich dich fragen, hast du was gegen Kinder?«
Erstaunt sah Kali sie an. »Ich, wieso?«
»Es lässt mir keine Ruhe. Unter dem Tempel hausen ein Junge und ein Mädchen im Dreck und wir haben sie gestern gefragt ... Nun, Francesco, bitte erzählen Sie Kali die Geschichte der Kinder.« – Was er auch tat.

Danach sagte Anna schüchtern: »Ich würde die Kinder gerne aufnehmen und was in meinen Kräften steht, für sie tun.«
Kali schaute sie verwundert mit diesen unergründlichen Augen an. Anna fiel es schwer, diesem Blick standzuhalten.
»Eigenartig«, bemerkte Kali. »Ich hatte heute Nacht einen Traum, an den ich mich nicht erinnere, nur an ein Kinderlachen, das durch ein leeres Haus tönte.«
Zu Anna gewandt, meinte sie trocken: »Wir beide können sicher keine Kinder mehr bekommen. Vielleicht war es doch eine Vorahnung im Traum.«
Anna versuchte, Kali und Francesco zu überzeugen, dass man schnell handeln müsste.
»Kinder, so allein auf sich gestellt, sind immer in Gefahr in der heutigen Welt. Jeder kann sie für wer weiß was missbrauchen.«
»Das werden wir verhindern«, sagte Kali kurz. »Lasst uns wieder zu den andern gehen.«
»Na, was wird denn das für ein Hochzeitsgeschenk?«, fragte Andreas.
Anna fiel im selben Moment ein, dass sie den beiden ihren neuen Mercedes schenken könnte, sie bräuchte ihn ja nicht mehr.
Nach dem reichlichen Mahl verabschiedeten sich Francesco, Anna und Kali und fuhren mit ihrem Auto zum Tempel. Kali wollte die Kinder sofort sehen. Unterwegs gab sie Shahrukh den Auftrag, das beste Mittel

gegen Läuse und außerdem auch Mullbinden zu kaufen. Ebenfalls eine gute Schere zum Haareschneiden. Er sollte diese Dinge nach Hause bringen.
Am Tempel angekommen, gingen die drei sofort auf die Kinder zu. Kali unterhielt sich mit ihnen und versuchte, ihr Vertrauen zu gewinnen. »Macht es euch Freude, so zu leben? Oder würdet ihr mich als Großmutter, diese Frau als Mutter und diesen Mann als Onkel akzeptieren? Ich schäme mich, dass man euch so allein gelassen hat. Würdet ihr mit uns gehen? Glaubst du«, sie sah den Jungen mit ihrem tiefen Blick an, »dass du uns folgen könntest?«
Und der Junge antwortete: »Yes, Sir.«
»Etwas Unangenehmes muss allerdings zuerst sein, da wir euch erst mal waschen müssen.«
»Yes, Sir«, sagte er wieder.
Die Kleine stand mit großen Augen daneben und schüchtern gab sie ihr Einverständnis. Sie wollte gerne hier weg.
»Wie heißt du?«, fragte Kali die Kleine. Sie streckte sich und sagte stolz: »Raja und mein Freund heißt Rahut.«
»Also dann, Rahut und Raja, gehen wir!«
Sie nahm die beiden an die Hand, rief zwei Tuk Tuks herbei und sie fuhren mit den Kindern zu Kalis Haus. Anna staunte, wie vornehm Kali wohnte ... Und das wollte sie alles aufgeben? Sie gingen in einen großen Garten und da warteten schon Shahrukh, Sarita und

deren Tochter Suran auf sie. Kali erklärte den Kindern, was nun auf sie zukam und dass sie das sicher tapfer durchstehen würden.
»Am besten, wir schneiden draußen die Haare ab und verbrennen sie einfach mit den Kleidern.«
Die Kleine weinte ein bisschen, als man ihr alles auszog, und jammernd sah sie ihre Fetzen in Rauch aufgehen.
»Du bekommst bestimmt Kleider wie eine Prinzessin«, beruhigte sie der Junge.
Als ob Kali das schon immer gemacht hätte, schnitt sie den Kindern die Haare ab, schmierte sie mit dem chemischen Mittel gegen Läuse ein, verband diese kleinen Köpfchen mit den Mullbinden, wusch sie mit einem Eimer voll warmem Wasser und wickelte die Kinder in Handtücher.
Der Junge meinte: »Ich wollte schon immer kurze Haare haben.«
Die Kleine wollte ganz kurze Locken.
»Morgen früh seid ihr von den Läusen befreit, ihr müsst nur ein bisschen Geduld haben.«
Kali zeigte auf Anna. »Eure neue Mutter kann noch nicht Indisch, aber dieser Onkel hier. Wir müssen alle Englisch lernen, um uns unterhalten zu können.«
Der Junge gestand, dass er schon immer Englisch sprechen wollte.
In ihrem gewohnten Befehlston sagte Kali: »Ihr zwei fahrt in die Stadt und kauft für die Kinder Panjabis,

Unterwäsche, Schlafanzüge, Schuhe, alles, was sie so brauchen.«
Sie wollte ihnen Geld mitgeben, doch Francesco wehrte sich vehement: »Es ist mir eine Ehre, die beiden einzukleiden.«
Shahrukh kam mit kleinen Schälchen mit geschnittenem Obst und Lassi, einer Art Joghurtmilch, und vergnüglich machten sich die beiden darüber her.
Raja lachte, zeigte auf Rahut: »Du siehst aus wie ein verwundeter Held.«
Das fanden beide so komisch, dass sie hellauf lachten und gar nicht mehr aufhören wollten.
Nach zwei Stunden kamen Anna und Francesco zurück. Sie hatten noch Matratzen in Annas Wohnung gebracht, damit die Kinder dort schlafen könnten.
»Nein, Anna, heute Nacht müssen sie hier bleiben, morgen ist für euch der Neubeginn«, bestimmte Kali.
Sie erklärte den Kindern, dass sie heute Abend eine Weile mit Shahrukh und Sarita allein bleiben müssten. »Wir anderen sind eingeladen, weil der Sohn eurer neuen Mutter morgen heiratet.«
»Dürfen wir mit, wir waren noch nie bei einer Hochzeit?«
Die drei Erwachsenen schauten sich an und Kali lachte so, wie wenn aus einem Vulkan Felsbrocken den Berg hinunterkullerten.
»Stellt euch vor, wir erscheinen mit den Kindern und

stellen sie als unsere neue Errungenschaft vor: Rahut und Raja.«
Francesco lachte jetzt auch: »Die dummen Gesichter möchte ich sehen.«
»Also gut, ihr kommt mit zur Hochzeit«, befahl Kali. »Ihr müsst nur so lange wie möglich den Verband auf dem Kopf lassen.«
Sie bat Sarita, die Kinder später noch einmal zu waschen, ihnen die Schlafanzüge anzuziehen und sie in Krishnas ehemaliges Bett zu legen, einer oben, einer unten. »Wenn sie nicht ins Bett wollen, machst du ihnen ein Lager auf dem Teppich in meinem Zimmer, ist vielleicht gescheiter.«
Dann sagte sie zu Rahut und Raja: »Wir sind sehr glücklich, dass ihr bei uns seid, und ich hoffe, ihr werdet es auch.«
»Yes, Sir.«
So hatte die Herrscherin Kali das Schicksal von zwei Menschen in die Hand genommen und erst einmal auf elegante Weise gelöst.
»Nun aber los, ihr zwei, es wird höchste Zeit, um euch schön zu machen für den heutigen Abend. Anna, ich empfehle dir, einen Sari anzuziehen, er steht dir einfach gut.«
Sie klatschte heftig in die Hände und komplimentierte die beiden wie eine Hühnerschar aus dem Garten.
»Gegen die Kraft dieser Frau bin ich ein Waschlappen,

Francesco. Was sagen Sie dazu, mit welcher Grandezza Kali Probleme löst.«

Francesco erwiderte: »Man muss aber auch gestehen, dass sie das nötige Geld für diese Grandezza in ihren Händen hält. Wissen Sie, Anna, ich glaube, diese Frau ist wirklich einsam. Ihre Ehe war eine mittlere Katastrophe, nicht geliebt von ihrer Schwiegertochter, warum, weiß ich nicht, von ihrem Sohn in jedem Fall respektiert, aber wahrscheinlich auch nicht mehr. Allein Lakshmi liebt diese Großmutter über alles – nur sie. Reichtum kann auch belastend sein, weil alle die Hände aufhalten und davon etwas haben wollen.«

»Aber Kali gibt ja, wie wir heute gesehen haben.«

»Ja, Anna, das ist richtig. Dennoch hat sich Kali einem Menschen gegenüber noch nie so geöffnet wie Ihnen, Anna.«

»Vergessen Sie nicht die Geschichte mit dem kleinen Buddha, die auch Kali gehört hat.«

Als Kali am Abend, an dem die Segnung der Ringe im Hause von Krishna stattgefunden hatte, ihr Schlafzimmer betrat, lagen die kleinen Körper der Kinder auf dem Boden, auf weißen Laken und mit ebensolchen zugedeckt. Der Verband saß noch fest, der Kopf der Kleinen lag auf Schulterhöhe des Jungen und er hatte schützend seinen Arm um sie gelegt. Wahrscheinlich haben sie in der Höhle genauso gelegen. Er beschützt die Kleine auch im Schlaf.

Die Kinder hörten das Feuerwerk nicht, das bis zum frühen Morgen andauerte.
Kali lag lange wach.
Sie hatte eine Verantwortung übernommen. Eine Veränderung für ihren Diener und seine Frau und deren Tochter, für die Kinder und für sich selbst. Ob sie in ihrem Alter das alles meistern würde, was sie so schnell in die Wege geleitet hatte, war fraglich. Hatte sie wirklich die Kraft, diesen Familiensitz, in dem sie fünfundsiebzig Jahre ihres Lebens verbracht hatte, loszulassen und zu verkaufen? Die großzügigen Räume, mit all den kostbaren Möbeln und Teppichen waren voller Erinnerungen, in allem war gelebtes Leben. Aber wollte sie nicht gerade diese Erinnerungen loswerden, die sie wie Ketten an ihren Füßen mit sich herumschleppte?
In jedes Möbelstück waren die Ereignisse, die nicht immer nur schön gewesen waren, wie in einem Buch aufgeschrieben und sie musste dieses Buch immer wieder lesen.
Ihre Eltern hatten den Mann für sie ausgesucht, den sie nicht lieben konnte. Es hat lange gedauert, bis zwischen ihnen eine Verbindung entstand, die sehr nützlich für das Geschäft war, weil ihr Mann ihren Geschmack, ihre Zielsicherheit schätzte. Als Frau war sie für ihn nicht vorhanden, da hatte er sich anderweitig umgesehen. Sie hatte gelernt, damit zu leben. Sie verlegte ihre Energien in das Sammeln von schönen Din-

gen wie Teppichen und Schmuck und davon hatte sie mehr als genug.
Solange sie noch lebte, hatte sie die Chance zu teilen – zu helfen – zu ändern – frei zu werden, um nicht in Dingen und Sachen zu ersticken.
Nun lagen zwei atmende, menschliche Wesen in ihrem Raum, in dem sie sich so oft einsam gefühlt hatte.
Einsam und ausgeschlossen werde ich von nun an nicht mehr sein. Sie dachte an Anna, die diese beiden Kinder mit ihrem Mitgefühl aus deren Elend herausgeführt hatte. Eine so gerade gewachsene Frau, mit so viel Klarheit und Ehrlichkeit. Ich hätte sie gerne als Freundin. Warum hatte ich eigentlich nie eine Freundin? Lag es an mir?
Es liegt wohl immer an einem selbst, wenn man keine Freunde hat ... Ich will dankbar sein, dass Freundschaft mir so spät, aber doch begegnet. Der Reichtum, das habe ich jetzt langsam begriffen, liegt in den Beziehungen, die man im Laufe seines Lebens zu anderen Menschen aufbaut. Bisher habe ich das versäumt.
Irgendwann in dieser Nacht schlief Kali ein.

Neubeginn

Am Morgen flüsterten die Kinder miteinander. Kali konnte hören, wie Rahut zur Kleinen sagte: »Siehst du, ich habe jeden Tag zu Gott gebetet, dass er uns hilft. Jetzt haben wir sogar eine Großmutter. Gott hat uns geholfen.«

»Meinst du, dass Gott die Gebete auch wirklich hört?«, fragte die Kleine.

»Ich glaube schon, wir haben ja unter dem Tempel geschlafen, da muss er uns zuhören.«

»Weißt du, Rahut, ich bin ganz in meinem Glück«, flüsterte Raja und ein glucksendes Kinderlachen erfüllte das Zimmer von Kali.

Leise schlichen sie an Kalis Bett und flüsterten: »Großmutter, Großmutter – aufstehen!«

Kali tat so, als ob sie dadurch aufwachte, und lächelte beide an. Ihr steinernes Gesicht wirkte an diesem Morgen milder. Sie sprang aus dem Bett und umarmte beide.

»Kommt, ich erlöse euch von dem Verband. Ihr

ward so tapfer, dass ihr ihn nicht heruntergerissen habt.«

Im Bad löste sie die Mullbinden.

»Seht ihr, lauter tote Läuse. Schaut mal die vielen Läuse haben eure Haare bevölkert. Habt keine Angst, ich wasche euch den Kopf.«

Sie gab jedem einen Lappen. »Damit haltet ihr euch die Augen zu.«

Danach stellte sie die beiden in die Wanne, seifte sie gründlich ein und spülte die ganze Vergangenheit der Kinder von ihren kleinen, zarten Körpern ab.

»So, jetzt seid ihr Prinz und Prinzessin.«

Sie wickelte sie eng in leinene Handtücher: »Und nun auf zum Frühstück.«

Sie gingen fröhlich, die Kinder mussten kleine Trippelschritte machen, ins Esszimmer. Sarita hatte alles vorbereitet.

Die Kinder bekamen heiße Schokolade, was sie natürlich noch nie getrunken hatten.

Raja nahm die Tasse mit der heißen Schokolade mit beiden Händen vorsichtig an den Mund. Nachdem sie langsam und genüsslich ihre Tasse geleert hatte, blickte sie Kali mit großen, leuchtenden Augen an und aus ihrem Schokoladenmund kam: »Großmutter, ich bin ganz in meinem Glück.«

Ihr glucksendes Lachen erfüllte den Raum. Rahut wollte gerne einen Toast probieren, den die Großmutter ihm mit Butter und Honig zubereitete.

»Ich auch«, sagte Raja bittend. Sie bekam natürlich auch einen Toast.
»Das essen die Engländer immer zum Frühstück«, erklärte die Großmutter den Kindern.
Ohne anzuklopfen kam plötzlich Lakshmi ins Zimmer.
»Großmutter, Großmutter, du musst mich vor der Hochzeit segnen.« Sie fiel auf die Knie und berührte mit ihrer Stirn und ihren Händen die Füße Kalis.
»Mein Kind, sei gesegnet mit Geduld, Hingabe, mit Gerechtigkeit und Wahrheit. Möge die Göttin Lakshmi dich beschützen.«
Als Lakshmi sich erhob, sah sie die beiden Kinder am Tisch sitzen.
»Oh, du hast Besuch.«
Kali spürte mit Erleichterung, dass Lakshmi so kurz vor der Hochzeit kein Interesse hatte zu erfahren, wer wohl diese Kinder seien. So sagte sie kurz: »Kinder von Freunden, die deine Hochzeit miterleben wollen.«
»Oh, wie schön, ich freue mich so auf diesen Tag«, sprudelte Lakshmi heraus und verließ, so schnell, wie sie gekommen war, das Haus der Großmutter.
Sarita bekam den Befehl, die Kinder so festlich wie möglich anzuziehen, mit Turbanen zu schmücken und um die Taille der beiden Schärpen zu binden.
Kali faltete einen weißen Seidensari mit Goldfäden um sich, legte Gold und Perlen an und steckte in ihre kleine Handtasche eine Kette mit einem großen filigranen

Goldanhänger mit ungeschliffenen Brillanten für Anna ein.

Anna erwachte am zweiten November, am Tag der Hochzeit ihres Sohnes und am Tag ihres Einzugs in die neue Wohnung, um sechs Uhr morgens. Sie hatte nichts von dem lauten nächtlichen Feuerwerk gehört. Sie war hellwach, setzte sich in die Fensterbank, schloss die Augen und mit ein paar tiefen Atemzügen wendete sie ihre Aufmerksamkeit nach innen. Zum ersten Mal, seit sie hier in Indien weilte, begab sie sich in ihre sonst tägliche Meditation. Sofort fühlte sie den Strom einer für sie neuen Energie in ihrem Kronenchakra. Ohne Anstrengung ließ sie sich tragen und führen, bedankte sich für die Hilfe, die ihr hier in Udaipur widerfahren war. Wirklich, Krishna hatte Recht, hier war der Himmel offen. Was hat er gesagt? Hier bei uns gibt es Sternentore. Sie schlüpfte mit ihrem Bewusstsein hindurch. Ein nie gekannter Frieden, eine Energie der Glückseligkeit erfüllte jede Zelle ihres Körpers.
Ihre äußere Schale war aufgebrochen und sie fühlte ihren inneren Kern. Sie war in sich angekommen, leicht und einfach. – So geht das, dachte sie – so einfach, wenn einem geholfen wird. Danke, dass ich hier sein darf.
Sie öffnete die Augen und auf dem See floss wieder dieses flüssige Gold über das Wasser und jede Welle

spiegelte den Schimmer der Gewänder der Göttinnen der Sonne, die tänzerisch über das Wasser gingen, vor und zurück, etwas links, ein bisschen rechts. Alles war in Bewegung, bis das Gold den Palast traf und erstrahlen ließ. Das Lichterfest der Göttin Lakshmi, Divali, hatte begonnen.

Alle Menschen in Radjastan würden dieses Fest ausgelassen feiern.

Anna riss sich von dem Anblick los, sie hatte noch viel zu tun.

Beim Einordnen ihrer Sachen in den Koffer fielen ihr alte kroatische Weisen ein, die sie leise vor sich hin summte, und sie überlegte dabei, dass sie mit den Kindern viel singen wollte, so lernen sie spielend Sprachen. Sie pflegte ihre Haare, legte diese in einen hübschen Knoten, ausnahmsweise schminkte sie ihr Gesicht. Sie wollte heute in jedem Fall gut aussehen und dachte dabei an Francesco.

Dann rief sie das indische Mädchen und diese zeigte ihr zweimal, wie man einen Sari faltete, denn ab jetzt musste sie es selbst können. Sie bevorzugte heute einen königsblauen Sari mit Goldsaum und schmückte sich mit ihren Perlen und dem Ring von Kali.

Francesco wartete schon auf der Terrasse und begeistert rief er aus: »Anna, Sie sehen aus wie eine keltische Göttin im indischen Gewand.«

Etwas verschämt, aber doch erfreut über das Kompliment sagte sie sanft: »Ach, Sie Schmeichler!«

Sie tranken ihren Kaffee und Anna fragte, was sie auf der Fahrt in die Wohnung eventuell für die Kinder noch kaufen müssten.
Francesco beruhigte sie: »Wir haben doch gestern alles besorgt.« Er sah sehr chevaleresk aus in seinem weißen Seidenleinen-Anzug und zog aus der Tasche ein rundes Päckchen. »Für meine keltische Göttin ein Geschenk!«
Anna packte es vorsichtig aus und erschrak. Es war der Armreif mit Emailleverzierungen, den sie im Lake-Palast-Hotel so bewundert hatte.
»Nein, Francesco, das geht zu weit. Sie können mir doch nicht ...«
Francesco hielt ihre abwehrende Hand fest: »Anna, seien Sie kein Spielverderber, es ist ein Armreif, kein Ring. In Indien ist es Brauch, dass man bei einer Hochzeit Geschenke austauscht.«
»Aber, Francesco, ich habe nichts für Sie und was ich für Draupati mitgebracht habe, ist viel zu armselig. Lakshmi wollte ich meinen neuen Mercedes schenken, aber sonst habe ich nichts.«
»Lassen Sie es doch einfach so sein. Sie können das alles nicht wissen. Sie haben diesen weiten Flug auf sich genommen, das ist Geschenk genug.«
Mit diesen Worten hatte er ihr das Armband, das mit Schräubchen verschlossen wurde, zugeschraubt.
»So, jetzt sind Sie perfekt, keine Inderin geht ohne Armreif.«

»Ich bin ja auch keine«, protestierte Anna und bewunderte gleichzeitig ihren neuen Schmuck.
»Anna, Sie machen mich sehr glücklich.«
Francesco sagte diesen Satz ganz einfach und ehrlich und sein Blick ließ Anna über und über rot werden wie ein junges Mädchen. Sind wir dafür nicht zu alt, dachte sie, aber sie sagte nichts.
Francesco hatte zwei Tuk Tuks organisiert, die sie mit ihrem Gepäck durch die geschmückte Stadt mit den vielen Menschen auf Umwegen zu ihren neuen Wohnungen brachten. Die Fahrer halfen ihnen, ihre Koffer nach oben zu tragen, und Francesco bat einen davon, bis zur Weiterfahrt eine halbe Stunde zu warten. Anna legte ihre Koffer unausgepackt in ihre Wohnung. Sie richteten nur für die Kinder zwei Matratzen übereinander, gestalteten ihnen eine Art Ottomane mit den schönen Stoffen und Kissen von Kali. Es sah richtig einladend aus.
In diesem Zimmer befanden sich zu beiden Seiten der Tür in die Wand eingebaute Regale, was in Indien üblich ist. Darin verstauten sie die Sachen, die sie gestern für die Kinder gekauft hatten. Francesco hatte an alles gedacht. Nicht nur an Kleidung, auch an Buntstifte, Malblöcke, Spiele und eine Puppe für Raja.
Anna konnte sich in dem für sie noch ungewohnten Sari nicht so gut bewegen. Dafür hantierte Francesco praktisch und schnell. – Auch noch ein ordentlicher Italiener, er überraschte Anna immer mehr.

Sie spürte, dass seine Gegenwart ihr wohl tat, vielleicht hatte sie ihr Dasein als Frau in den letzten fünfzehn Jahren verleugnet.
Nach getaner Arbeit fuhren sie mit dem Tuk Tuk zum Haus von Krishna.

Sarita übergab Kali die hübsch gekleideten Kinder und beide waren überrascht, wie niedlich sie plötzlich aussahen, als ob das Elend ihres Lebens nie stattgefunden hätte.
Kali bat Sarita, mit Shahrukh die Teppiche, die sie bereitgelegt und beschriftet hatte, in die neue Wohnung hinüberzufahren und auszubreiten, ebenso ihren Altar mit allem Drum und Dran in der Wohnung im dritten Stock aufzustellen. Sarita und Shahrukh sollten an diesem heiligen Tag das Wichtigste auch für ihren Umzug in ihr neues Reich bringen.
»Ich habe ebenfalls zwei Teppiche beschriftet, die ich euch zum Einzug gerne schenken möchte. Wir sollten heute Nacht alle in unserem neuen Heim schlafen, auch wenn wir diese nur auf Matratzen verbringen. Abends um fünf Uhr halten wir eine Puja in meinen Räumen zur Segnung für das ganze Haus, ich bitte euch, auch dabei zu sein. Sarita, bitte koche ein einfaches Gericht, Reis, Gemüse und Chapati. Die Mahlzeit nehmen wir dann in der Wohnung von Anna ein.«
Sarita wollte sich noch einmal bedanken, aber Kali unterbrach sie: »Ist schon gut, lass nur, Sarita. Shahrukh

und du, ihr habt viel mehr verdient, und eurer Tochter Suran wird eine modernere Wohnung auch gefallen.«

Sarita, die Kali nur als unnahbar und verschlossen kannte, wunderte sich über diesen plötzlichen Wandel. Als Dienerin hatte sie gelernt, keine großen Gefühlsäußerungen zu zeigen, so faltete sie nur ihre Hände vor der Brust, verneigte sich und sagte höflich: »Danke für Ihre Großzügigkeit.«

Shahrukh brachte Kali und die Kinder zum Hochzeitshaus, wo sie gleichzeitig mit Anna und Francesco eintrafen. Sie eilte mit den Kindern auf die beiden zu und alle fünf freuten sich über ihr Wiedersehen.

Kali legte Anna ihr Geschenk um den Hals mit den Worten: »Nimm das an mit meiner ganzen Freude für diesen Ehrentag.«

Anna war überwältigt und konnte es kaum glauben, dass sie an einem Tag so viel Schmuck geschenkt bekam.

Kali zog beide etwas zur Seite und legte Francesco noch einmal ans Herz, nicht Englisch mit ihr zu sprechen. »Das bleibt unser Geheimnis. Draupati würde ich damit sehr demütigen. Seid bitte heute Abend um fünf Uhr in meiner Wohnung, wie ihr das auch immer managen werdet. Da werden wir die Göttin Lakshmi in einer Puja bitten, unser Haus und unseren Einzug zu segnen.«

Dann gingen die drei mit den entzückend aussehen-

den Kindern ins Haus, das von Gästen, Geplauder, Musik und Lärm nur so schwirrte.
Sie gingen durch die kostbar gekleideten Menschen und suchten Draupati und Krishna, die sie am Eingang des Gartens fanden. Dort war ein riesiges Zelt aufgebaut, mit Blumen und Girlanden geschmückt, um alle Gäste, die zur Hochzeit ihrer Tochter kamen, zu begrüßen.
Anna und Francesco wurden herzlich umarmt und auf ihren Ehrenplatz verwiesen.
Als Kali mit den Kindern vor ihnen stand, sagte Draupati kühl: »Wen bringst du denn da mit?«
Kali antwortete ebenso kühl: »Kinder von Freunden, die unbedingt die Hochzeit von Lakshmi miterleben wollten.«
Draupati sagte so nebenbei auf Englisch zu ihrem Mann: »Die Alte erlaubt sich wirklich alles, ohne zu fragen.«
Dann sagte sie mit einem süßen Lächeln zu den Kindern: »Willkommen.«
Kalis Gesicht hatte sich nicht einen Moment verändert, als ihre Schwiegertochter diese abfällige Bemerkung machte. Es war diesmal noch eine der netteren, dachte Kali, es gab schon schlimmere.
Sie ging mit den Kindern durch den Trubel, begrüßte die Verwandten, die ihr begegneten, und stellte Rahut und Raja als ihre Freunde vor. Die beiden hielten ängstlich die Hand der Großmutter und schauten mit großen Augen auf diesen Reichtum.

Überall waren festliche Tafeln aufgestellt, beladen mit vielen Köstlichkeiten Indiens, die auf kostbaren, mit Blumen dekorierten Silbertellern arrangiert waren. Unzählige bunte Kissen lagen auf dem Rasen. Eine Tanzfläche aus Brettern war im linken Flügel des Gartens aufgebaut. Daneben saß ein kleines Orchester, das ungewöhnlicherweise auf Glasschalen und Gläsern zarte Weisen und schöne Melodien hervorbrachte. Kali setzte sich mit den Kindern an den Rand des Zeltes auf Kissen und erklärte ihnen, dass sie von hier aus alles überblicken könnten und ihnen nichts entgehen würde. Sie besorgte ihnen Süßigkeiten und gab ihnen den Rat: »Esst nicht zu viel davon, sonst wird euch schlecht.«

Francesco und Anna saßen nahe der Feuerschale, auf der linken Seite, und Francesco erklärte Anna: »Das Feuerritual ist die wichtigste Zeremonie bei einer Hochzeit. Das Feuer symbolisiert die Gottheit und den Segen für die Ehe. Erst wenn das Paar, zusammengeknotet mit dem Sari der Frau und dem Halstuch des Mannes, siebenmal um das Feuer geschritten ist, ist es wirklich verheiratet. In alten Zeiten ging die Frau voran, heute meistens der Mann.«

Anna dachte, Andreas lässt bestimmt Lakshmi vorangehen. Mein Einziger heiratet heute, dann ist er nicht mehr mein Einziger. Erstaunt stellte sie fest: Es tat überhaupt nicht mehr weh.

Sie suchte mit den Augen Kali und die Kinder. Als sie

die drei so abseits sitzen sah, wollte sie aufstehen und zu ihnen gehen. Da kam unter lautem Bravo-Geschrei und Jubel der Bräutigam, geschmückt wie ein ... nein, Anna, das denkst du jetzt nicht.
Er sah sehr fremdländisch aus in dem weißen Anzug mit dem Turban, der bestückt war mit gelben Blumen, die links und rechts um sein Gesicht baumelten. Ausgerechnet Tagetes. Gerade diese Blumen konnte Anna überhaupt nicht leiden und pflanzte sie extra für die Schnecken, die diesen Geruch so sehr liebten.
Dann übergab Krishna die Braut, die über und über mit Gold und Perlen geschmückt war, dem Bräutigam. Er legte die Hände der beiden über einem Krug zusammen, umwickelte sie mit einem roten Tuch und einer Blütengirlande, die, Gott sei Dank, dachte Anna, diesmal aus Jasmin war, segnete sie mit Wasser aus dem Ganges und betete um den Beistand Gottes. Für einen guten Beginn des gemeinsamen Lebens rief er den Namen Ganeshas, der alle Hindernisse beseitigt, und dann Kamas, des Gottes der Liebe, an.
Braut und Bräutigam ließen sich hinter der Feuerschale nieder und der Priester entzündete feierlich das Feuer, das die Gegenwart des Göttlichen in Form von Agni präsentierte. Der Priester sang Mantras in Sanskrit, die die beiden wiederholten. Anna verstand natürlich nichts, es kam ihr unendlich lang vor. Sie wunderte sich nur, dass Andreas die Mantras alle auswendig konnte.

Sein Gesicht, das sie unverwandt von der Seite ansehen konnte, hatte einen Ausdruck völliger Hingabe an den Augenblick, an die Zeremonie und an die Frau an seiner Seite, die, ebenfalls ganz hingegeben, neben Andreas saß. Die beiden nahmen nur noch sich wahr.
Die Brautleute bekränzten sich gegenseitig mit Blumengirlanden. Die Frauen knoteten nun die beiden zusammen und Lakshmi schritt tatsächlich vor Andreas siebenmal um das Feuer. Danach brach lauter Jubel aus und Andreas und Lakshmi waren Mann und Frau.
Anna umarmte beide und wünschte ihnen Glück und Segen.
Alle Verwandten der Familie Singh umarmten und gratulierten dem Paar und ebenso wurde Anna gedrückt und beglückwünscht als eine von ihnen.
Da Anna selten etwas verstand, wünschte sie, sie könnte in ihre neue Wohnung gehen, in Ruhe auf den See schauen und nachdenken.
Sie bat Francesco, sich mit ihr zu Kali und den Kindern zu setzen.
Die drei Erwachsenen und Rahut und Raja aßen, tranken und schauten vergnügt dem Hochzeitstreiben zu. Die Kinder fanden, dass die Braut wie eine Prinzessin aussah.
Anna meinte: »In all dem Trubel fällt es doch überhaupt nicht auf, wenn wir gehen würden.«
Kali erwiderte: »Du hast Recht, es fällt nicht auf, wir

sitzen ja jetzt schon lange hier und das Feiern wird noch die halbe Nacht dauern. Um uns kümmert sich sowieso keiner. Erst gehe ich mit den Kindern, nach einer Weile kommt ihr nach. Wir treffen uns spätesten kurz vor fünf Uhr im neuen Haus.«

Francesco und Anna blieben noch eine Weile und Anna wunderte sich über die Ausgelassenheit, besonders der Männer.

Andreas kam wie zufällig an den beiden vorbei und fragte leichthin: »Geht es dir gut, Mutter?« Er dachte: Natürlich leidet sie wie ein Hund. Er wagte nicht, sie anzuschauen.

Anna lächelte ihn glücklich an. Mit funkelnden Augen sagte sie: »Traumhaft ist deine Hochzeit, Andreas. Hinreißend sieht Lakshmi aus und du auch, Sohn.«

Irritiert schaute er seine Mutter an. Sie hatte nicht gesagt: mein Sohn.

Francesco nahm die Hand von Andreas und drückte sie fest. »Ich wünsche euch alles Glück dieser Erde und den Segen des Himmels. Ich lade euch morgen Vormittag alle zur Einweihung meiner neuen Wohnung ein. Anna und Kali kommen auch, mein Sohn.«

Wieso sagte er mein Sohn und seine Mutter nur Sohn? Andreas wunderte sich, aber heute hatte er anderes zu tun, als über die beiden nachzudenken.

»Amüsiert euch gut«, er ging wieder zu seiner Frau, die, umringt von Frauen ihrer Verwandtschaft, in der Mitte des Zeltes stand und Andreas glücklich entge-

genlächelte. Dieser schöne, junge Mensch war ihr Mann. Eine Welle der Zärtlichkeit hüllte sie beide ein. Sie vergaßen die Welt um sich und versanken in einem tiefen Kuss.
»Du meine geliebte Frau, ich bin so selig.«
»Ich bin auch ganz in meinem Glück«, antwortete Lakshmi leise.
Anna und Francesco konnten diese kleine, innige Szene inmitten des Trubels beobachten. Anna hatte Tränen in den Augen.
»Wir können jetzt ruhig gehen, ich weiß meinen Einzigen in guten Händen, er braucht mich nicht mehr. Und ich ... ich brauche ihn auch nicht mehr.«
Sie schluchzte noch ein bisschen vor Selbstmitleid, aber das war es dann auch.
Verhältnismäßig schnell stand sie vom Boden auf.
»Kommen Sie, Francesco, wir gehen«, sie hatte fast ihren Herrscherinnenton wiedergefunden.
Es dauerte eine ganze Weile, bis sie endlich in der Wohnung ankamen. Die ganze Stadt war mit Lichterketten hell erleuchtet, ähnlich wie in Deutschland an Weihnachten. Eine unüberschaubare Menge von Menschen füllte die Straßen. Vor den Tempeln bildeten sich lange Schlangen, denn alle wollten den Segen der Göttin Lakshmi für ihr Einkommen erbitten und die Glocke im Tempel läuten, damit Lakshmi sie auch erhöre.
Auf dem Weg nach Hause kaufte Anna in einem Geschäft, Art of India, einen runden Intarsientisch aus

Marmor und fünf Hocker aus Bambus, die sie gleich in ihr neues Heim geliefert wünschte, was in Indien durchaus möglich war. Anna wollte am Tisch essen und trinken und nicht auf dem Boden, was ihr auf die Dauer doch zu mühsam erschien.

Rahut und Raja spielten schon ausgelassen in ihrem neuen Reich mit der zwölfjährigen Suran auf ihren gemütlichen Ottomanen. Suran hatte ihnen gezeigt, wie man mit den Buntstiften kleine Bilder zauberte, die sie stolz Anna präsentierten. Rahut hatte die Höhle gemalt, in der sie mit den Kühen gehaust hatten. Seine Kuh war grau und sah einer Kuh schon ziemlich ähnlich und neben der Höhle hatte er versucht, die Treppen so zu malen, als ob sie in den Himmel reichten. Raja hatte die Höhle angedeutet mit einem grauen Stift und die Kuh war knallgelb und hatte große Knopfaugen. Über der Höhle hatte sie einen Regenbogen gezogen und auf dem Regenbogen saß Buddha, der dem Osterhasen sehr ähnlich sah.

Anna amüsierte sich über diese Zeichnungen, die sehr viel über das Erlebte der Kinderseelen erzählten.

Kali bereitete in ihren Räumen bereits die Puja vor. Shahrukh und Sarita hatten alles, was ihre Herrin ihnen aufgetragen hatte, ausgeführt. In Kalis Räumen lag ein großer, herrlicher Teppich, der Altar mit den Göttern war aufgebaut und mit Blumen geschmückt. In Kalis Schlafzimmer lag eine Matratze mit Bettwäsche für die Nacht bereit. Sarita hatte auch in ihrer Woh-

nung alles für die erste Nacht gerichtet. Anna räumte in der Zwischenzeit ihren Koffer aus und verstaute ihn dann in dem kleinen Raum auf dem Flur, der zu jeder Wohnung als Abstell- und Waschraum gedacht war.
Auf einer Ebene zu wohnen erleichtert die Hausarbeit. Sie musste lediglich die vier Treppen zu ihrer Wohnung hochsteigen.
Der Tisch und die vier Hocker wurden gebracht. Sie passten zwar nicht zusammen, doch die Hocker könnte sie auch auf den Balkon stellen. Den Marmortisch später vielleicht auch, aber erst einmal war das Abendbrot und Frühstück gerettet.
Von dem Marmortisch mit den vielen bunten Intarsien waren alle begeistert.
Kurz darauf begaben sie sich in Kalis Wohnung – Anna mit einem Hocker bewaffnet, weil sie bequem sitzen wollte.
Sie nahmen in einem Kreis auf den Teppich um den Altar Platz. Francesco, Shahrukh, Raja, Rahut und Suran auf dem Boden und Anna auf ihrem Hocker. Sarita saß neben ihrer Herrin und hatte viele Schälchen mit den Zutaten für die Puja bereit. Die Kerzen wurden angezündet und jeder Gott bekam Blumen. Dann rezitierte Kali mit einer wohlklingenden Stimme, die einhundertundacht Namen der Göttin.
Zwischendurch schütteten sie die Opfergaben über die Götterstatuen: Shiva, Vishnu, Ganesha, Sarasvati, Parvati und Lakshmi.

Als Kali alle einhundertundacht Namen der Göttin gesungen hatte, bat sie für jeden Einzelnen, in seinem Namen, um den Segen der großen Göttin.
Während der Zeremonie überfiel Anna noch einmal ein heftiger Schmerz. Sie wusste nicht, warum sie so viel unbewusste Verzweiflung und Trauer mit sich herumgetragen hatte. Tränen, die sie nie geweint hatte, überströmten ihr Gesicht. Alles Schwere, was sie nicht verstanden, nicht verkraftet hatte in ihrem Leben, löste sich in diesen Tagen in diesem Tränenfluss auf.
Die Kinder saßen staunend mit offenen Mündern, bestimmt hatte noch nie jemand in ihrem Namen gebetet.
Kali erhob sich als Erste und alle fühlten sich eingebettet in die Arme einer segnenden Göttin, deren Fest heute gefeiert wurde. Sie umarmten sich stumm, da bemerkte Anna, dass auch Francesco Tränen in den Augen hatte. Selbst Shahrukh hatte geweint. So brauchte sich keiner seiner Tränen zu schämen.
Kali schüttete in ihre Handfläche dieses kostbare Getränk, Prasad, und Anna fand wieder, dass es wie himmlisches Manna schmeckte. Kali malte jedem einen roten Punkt auf die Stirn mit den Worten: »Dieses Zeichen gebe dir Frieden.« Dann bekam jeder ein geflochtenes rotes Bändchen um das linke Handgelenk, das er so lange tragen müsste, bis es abfiel. Es sollte sie an die Göttin Lakshmi, an den Reichtum und die Fülle, erinnern. Dann wurden sie mit dem Feuer ge-

reinigt und das strenge, unnahbare Gesicht von Kali wirkte auf einmal weich und verletzlich. Sie war in diesem Moment von einer eigenartigen Schönheit, die jedem auffiel. Mit dem Feuerpfännchen gingen sie anschließend segnend durch alle Wohnungen. Francesco sang dabei mit einer sehr männlichen, melodischen Stimme Bhajans und Mantras.
Er überraschte Anna durch immer neue Eigenschaften, die ihr gefielen. – Singen konnte er auch und wie gut.
Am Ende kamen sie in Annas Wohnung, wo Sarita ein Mahl vorbereitet hatte. Vom See her drang wieder das laute Krachen des Feuerwerks. Kali bat Shahrukh, Sarita und Suran mit ihnen zu essen: »Zur Feier des Tages«, setzte sie hinzu, als sie in die erstaunten Gesichter blickte.
Zu Francesco gewandt: »Und du musst dich noch einmal auf der Hochzeit sehen lassen, wenn man dich fragt, wo wir sind, schwindelst du einfach, sagst, Anna sei es schlecht, sie habe zu viel Prasad gegessen und ich sei mit den Kindern nach Hause gegangen.«
»Schweren Herzens, ich würde lieber hier bleiben bei euch. Ich beuge mich dem Befehl und gehe, aber erst nach dem Essen.«
Sie bekamen Schälchen mit Reis und Lassi, die Joghurtmilch, die besonders Anna köstlich schmeckte.
Francesco und Anna saßen am Tisch und alle andern auf dem Boden und genossen in einer fröhlichen Stil-

le ihre erste Mahlzeit in ihrem neuen Haus. Anna studierte die Gesichter der Kinder, die nun zu ihr gehörten, und stellte fest, dass sie alles ganz selbstverständlich aufnahmen – hinnahmen. Gott hatte ihnen geholfen und Gott half stets großzügig, wie sie es aus Märchen kannten. Es gab immer ein gutes Ende.

Der Prinz bekam das arme Mädchen oder das arme Mädchen den Prinzen, von nun an lebten sie glücklich in einem Schloss. Nach ihrer Höhle unter dem Tempel musste ihnen das so erscheinen.

Für Sarita und Shahrukh war es nicht so einfach. Ihre strenge, manchmal auch ungerechte Herrin schenkte ihnen eine Wohnung. Damit mussten sie erst einmal fertig werden, bis sie an dieses Wunder glauben konnten. Und jetzt durften sie sogar gemeinsam mit ihr essen.

Als ob Kali die Gedanken von Anna und Sarita sehen könnte, sagte sie in Englisch: »Ich möchte, dass die beiden unabhängig von mir lernen, mit Besitz umzugehen, sich bewusst werden, dass auch ihre Arbeit Früchte tragen kann, verstehst du?«

Anna nickte: »Das verstehe ich sehr gut. Meine Großmutter, die in Kroatien ein Gut hatte, ging mit ihren Leuten genauso um. Letztendlich muss man sie in ihre Verantwortung führen, die sie leider oft durch das Dienen aufgeben.«

»Ach, du kommst aus Kroatien, ich weiß gar nicht, wo das ist?«

Anna erklärte mit Hilfe der Intarsien auf dem Marmortisch, wo Deutschland und wo Kroatien lag. Sie erzählte, dass Kroatien einmal zu Österreich gehört hatte, nachdem Prinz Eugen die Türken zurückgeworfen und besiegt hatte und man viele deutsche Schwaben in diesem schönen Land ansiedelte. »Als der Zweite Weltkrieg zu Ende war, wurden leider alle Deutschen ohne Habe wieder zurückbeordert. Und meine Familie ging nach Wien.«
»Ach, dies weiß man bei uns alles nicht so genau, wir haben uns sicher noch viel zu erzählen.«
Kali stand auf, klatschte in die Hände, jagte die Kinder durch die Wohnung wie Hühner, machte ihnen auf humorvolle Weise klar, dass es jetzt Zeit war, ins Bett zu gehen. »Ihr dürft euer Gemach in Besitz nehmen, als Prinz und Prinzessin. Aber vorher werden natürlich noch die Zähne geputzt und ihr dürft euch auch noch waschen.«
Anna konnte mit den Kindern noch nicht sprechen, sie war froh, dass Kali das so unkompliziert übernahm.
Als sie Raja ins Bett legen wollte, umfasste diese beide Beine von Kali, steckte ihren Kopf in den Sari und sagte: »Großmutter, ich bin ganz in meinem Glück.«
Kali erwiderte lachend: »Ich auch!«
»Gute Nacht, Großmutter«, riefen beide.
»Was hat Raja eben zu dir gesagt?«, fragte Anna.
Die Großmutter wiederholte: »Ich bin ganz in meinem Glück. Ich glaube, das ist ab heute Rajas Lieblingssatz.«

»Ich denke, es ist das größte Glück für sie, eine Großmutter gefunden zu haben. Meine Großmutter war für mich auch der wichtigste Mensch in meinem Leben.«
Sarita hatte alles aufgeräumt und verabschiedete sich. Shahrukh hatte Francesco inzwischen zurück zur Hochzeitsfeier gefahren.
Die beiden Frauen nahmen sich einen Hocker, setzten sich auf den Balkon und schauten in die Nacht. Die Farbe des Firmaments wirkte wie eine Mischung von Indigo und Ultramarinblau. Die Venus mit ihrem funkelnden Licht beherrschte den Abendhimmel.
Ab und zu schossen Raketen über den See und bildeten leuchtende Lichtkörper, wahrscheinlich lächelte die Venus darüber.
Nach all dem Trubel waren Anna und Kali zum ersten Mal allein. Anna empfand eine gewisse Scheu vor Kali, obwohl sie sie eigentlich bewunderte. Kali spürte Annas Verlegenheit und lebhaft fing sie an zu erzählen: »Anna, was du noch nicht weißt, ich habe diesem nichtsnutzigen jungen Mann, der Andreas in diese große Gefahr gebracht hat, eine Strafe auferlegt. Sechshunderttausend Rupees, die er für seine Freiheit nicht ganz freiwillig abgeben musste, erschienen mir angemessen. Ich wollte dir vorschlagen, dass wir dieses Geld für die Ausbildung der Kinder anlegen. Ich will nicht, Anna, dass du das Wenige, wofür du dein Leben lang hart gearbeitet hast, für Kinder ausgibst, die nicht mal deinem Land angehören.«

»Aber es sind Kinder und ich könnte auch hier etwas arbeiten.«
»Untersteh dich, Anna. Weißt du, wie viel mir das bedeutet, dass ich eine Frau wie dich kennen gelernt habe. Du bist wie ein gesunder Baum, gerade gewachsen, ohne falsche Triebe. Wir indischen Frauen können viel von dir lernen. Arbeiten brauchst du hier wirklich nicht. Ich habe mehr als genug und dies reicht für alle. Du wirst sehen, die Kinder brauchen dich, deine ganze Zeit, deine ganze Energie, deine Liebe. Sie müssen viel nachholen, die vergangenen Jahre verarbeiten, dass auch sie gerade wachsen können mit deiner Fürsorge und vielleicht auch mit meiner.«
An Divali, dem höchsten Fest in Indien, dem Lichterfest, verfiel die ganze Stadt, auch heute wieder, in einen rasanten Feuerwerkstaumel. Tausende von Raketen wurden in den Himmel geschossen und über der ganzen Stadt sah man Sprühfeuer verschiedener Strukturen, Lichterwirbel – wie tausende von Sternen fielen sie in allen Farben auf die Erde.
So ein Feuerwerk hatte Anna noch nie erlebt, nicht einmal am Seenachtsfest, wenn auf deutscher Seite Konstanz und in der Schweiz Kreuzlingen zur gleichen Zeit ihr Feuerwerk abbrennen.
Anna griff nach der Hand von Kali: »Danke für deine Hilfe, deine Großzügigkeit. Ich habe noch nie eine Frau wie dich kennen gelernt.«
So blieben sie im Schauen versunken, in dieser war-

men Nacht, bis Francesco von der Hochzeitsfeier zurückkam. Auch er holte sich einen Hocker und genoss mit ihnen diese immer neuen Lichtsymbole, die am Himmel aufloderten.
Gegen Mitternacht gingen die drei erschöpft ins Bett – auf ihre Matratzen – und freuten sich auf die erste Nacht.
Anna schlief sofort ein, sie träumte, dass sie barfuß einen Einkaufswagen aus Metall vor sich herschob, in dem etwas lag, das sie transportierte. Sie konnte nicht erkennen, was es war. Es war nicht schwer, sie suchte offensichtlich ihr Zuhause, doch sie wusste nicht mehr, wo es zu finden war.
Sie ging durch große, breite Straßen, die herrschaftlich aussahen, und sie schämte sich, diesen Wagen barfuß durchschieben zu müssen.
Dann kam sie in fremdländische Gassen und mitten zwischen den Häusern sah sie ein ziemlich großes Feld, einen überaus fruchtbaren Garten mit riesigen saftig grünen Salatköpfen, großen Gemüsebeeten, herrlichen Bäumen mit übergroßen Blättern und saftigen Früchten behangen. Sie wunderte sich über die Fülle und die Großartigkeit dieses Feldes mitten in einer Stadt.
Mit ihrem Wagen ging sie nach rechts. In dieser Straße wurden diese großen Salate und Gemüsesorten verkauft. Sie geriet in einen Basar mit labyrinthischen, engen Gassen, aus denen sie mühselig wieder herausfand.

Am Ende sah sie sich in einem wogenden Kornfeld von sattem Gelb, aber immer noch hatte sie diesen Wagen bei sich.

Am Morgen weckten sie die Kinder. Sie hatte wie immer fest geschlafen. Raja und Rahut standen vor dem Bett ihrer neuen Mutter, mit der sie noch nicht sprechen konnten, traten verlegen von einem Fuß auf den anderen und kicherten vor sich hin.

»Kommt, ihr zwei!« Anna breitete ihre Arme aus, umfasste sie liebevoll und gab Raja einen Kuss auf die Wange. Sie schaute Rahut an: »Na, mein Sohn, darf ich dir auch einen Kuss geben?« Als ob er es verstanden hätte, hielt er Anna seine Wange entgegen. Sie streichelte ihre Köpfchen und wunderte sich, dass die Kinder schon angezogen waren. Sie hatten sogar ihre Betten gerichtet und gaben Anna damit zu verstehen, dass sie ihre Selbstständigkeit offensichtlich nicht aufgeben wollten.

In diesem Moment klingelte es. Sarita stand mit einem großen Frühstückstablett vor der Tür. O Gott! Anna hatte an das Frühstück in dem Trubel gar nicht gedacht.

Die Hocker wurden vom Balkon geholt und der Tisch gedeckt.

Anna befielen Zweifel, ob sie sich allein mit Raja und Rahut verständigen könnte. Diese Bedenken nahmen ihr die beiden ganz schnell. Sie zeigten einfach auf al-

les, was sie haben wollten. Anna antwortete ihnen pantomimisch. Sie verstanden sich über die Körpersprache.
Wenn Anna etwas nicht verstand, hörten die beiden mit Lachen nicht mehr auf. Anna sprach dann Deutsch und die Kinder Hindi.
»Du solltest Englisch mit ihnen sprechen.« Kali kam durch die offene Tür und setzte sich zu ihnen. »Guten Morgen, meine Lieben. Hast du in der ersten Nacht in deiner eigenen Wohnung etwas geträumt, Anna?«
»Ja, Kali«, Anna erzählte, so gut sie konnte, den Traum auf Englisch.
Kali versank eine Weile in tiefem Nachdenken, dann sagte sie: »Du bist, so sehe ich es, mit deinen karmischen Belastungen, die du vor dir hergeschoben hast, durch die Straßen geirrt, um dein Zuhause zu suchen. Unser wahres Zuhause ist aber nicht hier auf der Erde. Du kamst in fremde Straßen und Länder, sahst diesen überaus fruchtbaren Garten, das war dein Seelengarten, würde ich sagen. Dann hast du dich im Basar, der Welt der Käuflichkeit, verlaufen, aber wieder herausgefunden. Am Ende fandest du dich in einem reifen Kornfeld. Deine Ernte, deine geistige Ernte, Anna, wird gut und reich sein.«
Anna meinte nachdenklich: »Ich habe hier in Indien das Gefühl des Heimkommens, als ob ich angekommen wäre, an dem Ort, wo ich hinsollte in diesem Leben.«

»Und ich habe das starke Gefühl, Anna, wir beide kennen uns schon lange, nicht nur aus diesem Leben.«

Francesco kam mit einem fröhlichen: »Guten Morgen, die Damen«, in Annas Wohnung. »Habt ihr etwas Essbares für mich? An alles haben wir gedacht, nur nicht ans Frühstück.«

»Ich schon«, lachte Kali. »Setzen Sie sich und essen Sie, was noch übrig ist.«

»Wann, glaubt ihr, kommt die Familie, um meine Wohnung anzuschauen?«

»Na so um elf Uhr«, dachte Anna laut, »da haben sie bestimmt ausgeschlafen. Wie werden sie wohl auf unsere Neuigkeiten reagieren? Ich glaube, einfach wird es nicht.«

»Anna, Sie haben uns als Leibgarde. Kali, leihen Sie mir Sarita, damit ich meine Gäste bewirten kann?«

»Natürlich, sie wird sich freuen, auf diese Art wieder unter Menschen zu kommen, bei mir war es doch sehr einsam.«

»Fühlt ihr euch auch alle so gut wie ich?« Im selben Atemzug fuhr Anna fort: »Haben Sie auch etwas geträumt, Francesco?« Dieser schüttelte den Kopf. »Leider nicht, ich bin in meine Matratze gesunken wie ein Stein und habe ohne Träume durchgeschlafen.«

»Aber ich hatte für uns alle einen schönen Traum.« Kali nahm einen Schluck Kaffee und begann: »Ich blickte weit ins Universum und sah drei riesige Wesen in rubinroten prachtvollen Gewändern mit ausgebreiteten Armen. Sie schauten mit großer Konzentration auf etwas unter ihnen. Sie ruhten sozusagen auf der Luft. Ihre Köpfe waren nah aneinander. Es war ein sehr friedvolles, beeindruckendes Bild. Ich hoffe, ihre Konzentration hat auch uns gegolten. Soviel ich weiß, bedeutet rubinrote Farbe Frieden. In diesem Sinne wollen wir unseren Tag beginnen und unsere Gäste empfangen. Vergesst nicht, ich kann nicht Englisch – bis gleich.«

Damit erhob sie sich. »Lasst die Wohnungstüren offen, das macht alles einfacher.«

Nach einer Weile zog Weihrauchduft durch das Haus. Anna spürte, wie viel Mut diese Frau mit diesem spontanen, einsamen Entschluss, ihr Leben zu ändern, aufgebracht hatte. Diese Courage, wieder das Leben wirken zu lassen, mit all seinen Gefahren und natürlich auch Freuden und Überraschungen ...

Die Kinder lagen auf den Knien in ihrem Zimmer und malten. Anna konnte sich in Ruhe zurechtmachen. Sie wollte gut aussehen, wenn Andreas und Lakshmi sie zum ersten Mal besuchten. Was sie wohl dazu sagen würden, wenn sie erfuhren, dass sie nicht mehr mit nach Hause kommen wollte?

Sie kamen zu viert, um Francescos neues Heim zu ehren.

Krishna, Draupati, Andreas und Lakshmi. Voller Enthusiasmus bewunderten sie die Wohnung, die gran-

diose Aussicht auf den See und die Weite mit der Sicht auf das Gebirge in der Ferne.
»Gut gemacht, alter Freund«, Krishna klopfte Francesco auf die Schulter. »Ein ruhiger, segensreicher Lebensabend steht dir bevor.«
»Na, ob es ruhig wird, weiß ich nicht. Kommt, ich zeige euch was!« Francesco riss mit einer großen Bewegung seine Tür auf, bat sie die Treppe hinunter, öffnete mit ebendemselben Schwung die nächste Tür: »Tretet nur ein, hier der ruhige Lebensabend von Anna und ihren Kindern.«
Anna stand hübsch angezogen am Eingang.
»Willkommen in meinem neuen Reich.«
Befremdet betraten die vier die Wohnung. Andreas sprach wie immer sehr beherrscht, doch man spürte, dass er schlucken musste. Betont ruhig fragte er: »Deine Wohnung? Ja, kommst du denn nicht mit nach Hause?«
»Nein, ich bleibe hier, aber setzt euch doch. Wir hatten keine Zeit, euch das zu erklären. Ihr wart mit den Vorbereitungen für eure Hochzeit beschäftigt.«
»Ja, Mutter, das kannst du doch nicht machen! Das kannst du mir doch nicht antun!«
Andreas hatte sich noch nie Gedanken darüber gemacht, wie es ohne seine Mutter gehen könnte. Die Mutter und der liebe Gott hatten immer für ihn gesorgt. Er stand jetzt etwas ratlos vor dieser Situation und suchte nach einer für ihn passenden Lösung.

»Du könntest doch in unserer Nähe, im Dorf, eine Wohnung nehmen. Du musst ja irgendwie abrufbereit sein. Du musst dir doch vorstellen, dass Lakshmi gar nicht weiß, wie das Leben bei uns auf dem Hof funktioniert. Ich habe die Praxis, ich habe keine Zeit, du kannst doch nicht einfach in Indien bleiben, einer muss doch sagen, wo es langgeht.«
»Siehst du, Andreas, das ist es genau, was ich nicht kann. Es ist eine neue Situation. Ich gebe die Verantwortung für dich ab und übernehme sie für mein Leben. Ich habe bisher dein Leben mitgelebt. Es wird Zeit, mein eigenes Leben überhaupt erst einmal zu erkennen.«
Durch das Stimmengewirr wurden die Kinder angelockt. Andreas schaute die beiden erstaunt an. »Wem gehören diese beiden Kinder? Was machen sie denn in deiner Wohnung?«
»Kinder von der Straße, Andreas, die ich aufgenommen habe, weil sich niemand um sie gekümmert hat und sie allein erbärmlich im Dreck leben müssten.«
»Das ist ja sehr schön und gut, Mutter«, sagte er etwas genervt, »du bist eine alte Frau in einem Land, dessen Sprache du nicht sprichst. Da lädst du dir noch zwei Kinder auf, für die du nie das Sorgerecht bekommen würdest.«
Anna erwiderte sicher: »Lieber Andreas, das lass mal meine Sorge sein. Du meinst also, ich bin zu alt für Kinder. Aber für die Arbeit zu Hause, für die du jetzt drei Leute brauchst, dafür war ich nicht zu alt?«

»Moment«, unterbrach jetzt Francesco. »Draupati hat ...«
»Bitte, Francesco, lassen Sie mich ausreden.«
»Ach, Sie stecken dahinter, Francesco. Sie haben ihr diesen Floh ins Ohr gesetzt. Sie hat ja nicht die Mittel wie Sie.«
»Francesco hat damit gar nichts zu tun, es ist allein meine Entscheidung; ihr wolltet mich doch nicht mehr und habt mir das auch klar und deutlich gesagt. Schau, Andreas, ich habe mir eine neue Aufgabe gesucht. Sind diese beiden Kinder nicht genauso kostbar wie du?«
Andreas gab sich geschlagen. »Du hast wie immer Recht, Mutter, oder muss ich jetzt Anna zu dir sagen?«, fragte er schmunzelnd.
Lakshmi legte ihren Arm um Andreas. »Deine Mutter hat nur getan, wovon wir Jungen immer reden, einen ziemlichen Quantensprung.«
Anna war erleichtert. Lächelnd sagte sie: »Deine Großmutter, Lakshmi, hat einen noch größeren Quantensprung vollzogen. Kommt, wir haben noch eine Überraschung.«
Sie führte die vier in die Wohnung von Kali, die sie ebenso am Eingang empfing. Jetzt war es Krishna, der sich beinahe die Haare raufte. »Ja, Mutter, seid ihr denn alle verrückt geworden, du ziehst aus deinem Haus in eine kleine Wohnung?«
»Zwei«, betonte Kali, »zwei Wohnungen, Krishna. Sie sind heller und sauberer und alles funktioniert so, wie

es im Alter sein sollte. Außerdem habe ich Freunde gewonnen. Anna, Francesco, Rahut und Raja, die beiden sind auch meine Kinder – Enkelkinder sozusagen.«
Jetzt bekam Andreas einen Lachanfall.
»Eine Alten-WG, ihr habt eine Alten-WG gegründet, das finde ich mehr als komisch.«
»So alt sind wir nun auch wieder nicht«, entgegnete Francesco beleidigt. »Und an eine Alten-WG haben wir zuallerletzt gedacht.«
Als sich alle etwas beruhigten, setzte man sich auf den Teppich und Kali reichte mit Hilfe von Sarita Tee.
Krishna schaute seine Mutter erstaunt an. Ihre Gesichtszüge waren weicher, erfüllter, ihre Bewegungen lebhaft und voller Elan.
Draupati erholte sich langsam von dem Schock. Sie war sich bewusst, dass sie die Erste war, die Anna darauf hingewiesen hatte, dass sie nicht erwünscht sein würde. Offensichtlich behielt das Anna für sich.
Draupati war erleichtert. Bei ihrer Schwiegermutter wunderte sie sich über nichts. Diese Frau war zu allem fähig.
Kali schaute jetzt Draupati mit ihren unergründlichen dunkelgrünen Augen an. »Ja, Draupati«, als ob sie erraten hätte, was diese dachte, »ja, bei mir ist alles möglich.« Und es war an der Zeit. Kali wollte in ihr neues Leben nicht mit dieser Lüge gehen. Zu Krishna und ihrer Schwiegertochter gewandt, gestand sie, dass sie

viele Jahre gelogen hatte, sehr wohl Englisch verstand und auch sprach.

»Dein Vater hat mich aus geschäftlichen Gründen gebeten, über meine Englischkenntnisse zu schweigen. Erst fiel es mir schwer und später hat es mir Spaß gemacht.«

Sie schaute jetzt nur Draupati an: »Ich bitte dich um Verzeihung.«

Draupati war bei dieser Erklärung aufgesprungen. Ihr wurde schrecklich bewusst, wie oft sie diese Frau beschimpft und gekränkt haben musste, weil sie dachte, Kali würde sie nicht verstehen. Sie wollte aus der Wohnung flüchten, aber Kali hielt sie fest.

»Kind, verzeih mir, es war viel ungerechter von mir, dich in eine solche Situation zu bringen.« Sie nahm die jetzt schluchzende Draupati in die Arme.

»Es ist alles gut, Kind, verzeih mir – verzeih uns beiden – verzeih dir selbst. Lass uns neu anfangen. Bestimmt hast du Recht, Draupati, mir ist wirklich alles zuzutrauen.«

Draupati schluchzte nur noch mehr. Der Hass auf diese Frau, die so unberechenbar war, brach mit aller Kraft auf. Kali strich ihr ungewohnt zärtlich über die Haare und wie bei einem Kind beruhigend über den Rücken.

»Sei mir wieder gut, ich brauche deine Liebe, ich brauche dich, Draupati.«

Es war still im Raum. Nur das Schluchzen von Draupati war zu vernehmen, die anderen saßen tief betroffen auf dem Teppich. Keiner wagte, etwas zu sagen. Krishna, den die Lüge seiner Mutter wie ein Faustschlag getroffen hatte und der die Demütigung seiner Frau mit empfand, erholte sich als Erster. Er stand auf, legte seinen Arm um Draupati und schaute seine Mutter sehr streng und fremd an.

»Du erlaubst, dass wir alles, was du uns heute zugemutet hast, erst mal verdauen müssen. Wir gehen nach Hause und denken darüber nach.«

»Ja, tut das«, sagte Kali, »doch urteilt nicht zu hart.«

Sie ließ die beiden gehen.

Kali setzte sich erschöpft auf den Teppich. Es war in den letzten Tagen, als wäre eine riesige Lawine über sie hinweggerollt oder, besser gesagt, der zugefrorene Berg fing an zu tauen und die Lawine rollte mit ihr zu Tal.

Nach einer Weile schaute sie jeden Einzelnen lange an. Ihr Blick blieb bei Lakshmi hängen: »Deine Mutter und ich waren noch in den alten indischen Traditionen verhaftet, deshalb haben wir uns so verletzt. Mir liegt sehr viel daran, Lakshmi, dass du mich verstehst und dein Vertrauen zu mir behältst.«

Kali schaute auf ihren Ring, dann auf dieselben Ringe von Anna, Lakshmi und Andreas: »Wir alle tragen dieses uralte Symbol unserer Familie, Shiva und Parvati. Es ist mehr als nur ein Ring. Ich denke, der Kreis unserer Familie hat sich heute über Jahrhunderte ge-

schlossen. Shiva hat etwas Altes erlöst, zertrümmert und jetzt stehen wir etwas atemlos vor einem neuen, noch unbekannten Tor des Lebens.«
Sie schaute Lakshmi und Andreas an: »Wenn wir alles zulassen, uns vor nichts mehr fürchten, kann uns nichts mehr geschehen, das gilt für uns alle.«
Es wurde still im Raum, jeder dachte über diese Weisheit Kalis nach.

Auf einmal stand Andreas auf, rief den Kindern zu: »Fangt mich«, und lief aus der Wohnung die Treppe hoch. Rahut und Raja sprangen sofort hinterher. Endlich wurden sie ins Geschehen einbezogen. Die anderen hörten sie durch alle Wohnungen, unter lautem Geschrei toben, bis Andreas außer Atem mit den beiden auf dem Arm wieder in Kalis Wohnung erschien und, zur Mutter gewandt, sagte: »Gut gemacht, Anna, jetzt habe ich schon zwei indische Geschwister.« Er erklärte den beiden: »Ich bin euer großer Bruder und wehe, ihr folgt Anna nicht, dann komme ich extra aus Deutschland und versohle euch den Hintern.« Darüber lachten die beiden wie verrückt und rannten wieder los.
»Fang uns!« Und die wilde Jagd ging wieder durch das Haus.
Diesmal beteiligte sich auch Lakshmi. Die drei Erwachsenen sahen einander erstaunt an und Anna sagte achselzuckend: »Ja, so ist Andreas eben!«

Kali saß glücklich auf dem Kissen am Boden. Kinderlärm erfüllte das Haus.
Alles ist gut.
Francesco forderte Anna auf, mit ihm zu tanzen.
»Wir haben in jedem Fall alle etwas zu feiern und wenn ich auch nicht zu dem Ringkreis gehöre, dürfen Sie mir jetzt keinen Korb geben, Anna.«
Mit melodischer Stimme sang er: »Volare, oh oh, cantare, oh oh oh oh. Nel blu dipinto di blu, felice di stare lassù ...« Er umfasste Anna und führte sie tanzend auf den Balkon.
»Sie haben gelogen Anna, Sie tanzen wie eine Feder«, er zog sie noch näher an sich heran. Plötzlich blieb Anna stehen, legte ihre Hand auf seinen Mund – sie war nicht sicher – sie hätte beinahe diesen Mund geküsst und sagte außer Atem: »Francesco, Sie verwirren mich!«
Er nahm vorsichtig ihre Hand von seinem Mund, küsste ihren Handrücken und lächelnd sagte er: »Na endlich!«

Voll Humor und Weisheit: Bücher von Ruth Maria Kubitschek

Elfen, Engel, Erdgeister
Märchen und Bilder für das Kind im Erwachsenen und den wissenden Menschen im Kind.
64 Seiten mit Abb., ISBN 3-485-00607-6

Ein Troll in meinem Garten
Feinsinnige Märchen, die Verständnis für die tiefen Zusammenhänge unseres Seins mit der Natur wecken.
80 Seiten mit Abb., ISBN 3-485-00904-0

Wenn auf der Welt immer Weihnachten wär…
Zwischen Traum und Wirklichkeit: Weihnachtsmärchen über die Begegnung von Menschen und Engeln.
72 Seiten mit Abb., ISBN 3-485-00720-X

Lichtmeditation (CD)
Sanfte Meditationen mit Musik, die den Körper mit schöpferischer Energie versorgen.
1 CD, ISBN 3-7844-4004-5

nymphenburger

Lesetipp

BUCHVERLAGE
LANGENMÜLLER HERBIG NYMPHENBURGER
WWW.HERBIG.NET

Voll Humor und Weisheit: Bücher von Ruth Maria Kubitschek

Das Wunder der Liebe
Der große, hinreißende Liebesroman – »voller Lebensweisheit und Optimismus«. *Bild*
280 Seiten., ISBN 3-485-01023-5

Im Garten der Aphrodite
Die Schauspielerin erfüllte sich einen Traum: Sie schenkte der so unachtsam zerstörten Natur Schönheit – mit einem Garten.
224 Seiten, ISBN 3-485-00797-8

Das Flüstern Pans
In ihrem humorvollen Dialog mit dem Gott der Natur schildert Ruth Maria Kubitschek Einsichten, Erfahrungen und Erlebnisse.
240 Seiten, ISBN 3-485-00851-6

Immer verbunden mit den Sternen
Autobiografisch: Die Geschichte einer Schauspielerin, die den Sinn des Lebens erkennt.
280 Seiten, ISBN 3-485-00667-X

nymphenburger

Lesetipp

BUCHVERLAGE
LANGENMÜLLER HERBIG NYMPHENBURGER
WWW.HERBIG.NET